身代わり花嫁のため息

メイシー・イエーツ 作

小河紅美 訳

ハーレクイン・ロマンス

東京・ロンドン・トロント・パリ・ニューヨーク・アムステルダム
ハンブルク・ストックホルム・ミラノ・シドニー・マドリッド・ワルシャワ
ブダペスト・リオデジャネイロ・ルクセンブルク・フリブール・ムンバイ

HIS RING IS NOT ENOUGH

by Maisey Yates

Published by Harlequin Japan, a Division of K.K. HarperCollins Japan, 2024

メイシー・イエーツ

ロマンス小説を書く前から、熱心な読者だった。自分のヒーローとヒロイン作りが楽しめる今の幸運が信じられないという。オレゴン州南部の自然の中で、通りの向かいに住む両親の手を借りながら、夫と幼い 3 人の子供と共に暮らす。朝起きて家の裏口に熊を見つけるような生活と、自宅で書くエキゾチックな街で起こる物語との落差を楽しみながら、執筆に励んでいる。

主要登場人物

リア・ホルト……………キャンディショップ経営者。
ジョセフ・ホルト…………リアの父。ホルト社の社長。
レイチェル・ホルト………リアの姉。
アイアス・クーロス………会社経営者。
ニコラ・コウクラキス……アイアスの父。
アレックス・クリストフィデス……アイアスのビジネス上のライバル。

1

「大変、大騒ぎになるわ」姉のレイチェルから来た携帯メールを読んだリア・ホルトは父を見た。

父、ジョセフ・ホルトの顔に驚きの色が浮かんだ。結婚式の準備はすべて整い、外にはマスコミがつめかけている。

それなのに、花嫁がいなくなってしまった。

「いったいなぜ大騒ぎになるんだね？」

リアはゆっくりと息を吸いこんだ。父に事実を告げるのはためらわれた。レイチェルがこんなことをするのには、やむを得ない理由があるにちがいない。

「レイチェルは……来ないそうよ」

「誰が来ないって？」

目をあげたリアは心臓がとまりそうになった。最悪のタイミングで、花婿のアイアス・クーロスが部屋に入ってきたのだ。すでに、男らしい体を仕立てのいい黒のタキシードで包んでいる。いつもながら完璧で、近寄りがたいくらい神々しい。

リアの脳裏に、別荘で過ごした夏の日々がよみがえった。あのころわたしは金魚の糞のように彼について回り、ありとあらゆることを話して聞かせていた。姉は学校、父は仕事、母は友人たちとのお茶会で忙しかったからだ。

だがアイアスはいつもじっと耳を傾け、相談にのってくれた。ただひとり、わたしを理解してくれた。

あれから時が流れ、わたしは大人になった。アイアスのような男性が自分に興味を持つはずがないとわかるだけの分別もついている。彼はもう、戸外で働く、まっ黒に日焼けした少年ではない。今や莫大な資産を持つ、世界でも指折りの実業家なのだ。

アイアスは今日、レイチェルと結婚して、正式に〈ホルト・インダストリーズ〉を継承するはずだった。そしてホルト社が大株主であるリアの事業にも、大きな影響力を持つことになるはずだった。

だが、レイチェルは結婚式から逃げだした。

姉らしくない行動だった。レイチェルは美しく社交的で、マスコミにもてはやされている。周囲の期待を裏切るようなまねをしたことは一度もない。

姉に比べて劣っていることをマスコミにおもしろおかしく書きたてられているリアとは違う。

リアは唾を飲み、アイアスを見つめた。彼の目はいつも暗く、人を寄せつけない。微笑んで明るく輝くこともない。少年のころでさえそうだった。けれど、その暗さにリアは惹かれた。

「レイチェルは来ないわ」ささやくように言ったのに、声は静かな部屋に大きく響いた。

「来ないって、どういうことだ?」アイアスが言う。

「レイチェルからメールが来たの……」携帯電話を渡そうとした拍子に彼の指先が手をかすめ、リアはびくりとした。「アレックスって人といるらしいわ。あなたとは結婚できない、ごめんなさいって」

「自分で読めるよ、リア」アイアスが携帯電話をリアに返してジョセフにきいた。「ご存じだったんですか?」

ジョセフは首を振った。「まさか。わたしは結婚を無理強いしてなどいない。レイチェルは結婚を望んでいると思っていた」

アイアスは短くうなずき、リアに目を向けた。

「きみはどうなんだ?」

「知らなかったわ」もし知っていたら、何か手を打っていた。これだけ世間の注目が集まるなかへアイアスを置き去りにするようなまねはさせなかった。

「アレックスという男の名字はわからないのか?」

アイアスが鋭い口調で尋ねる。

リアはメールを読み直した。これほど険しい表情の彼は初めてだ。いつもは冷静で感情を表に出さないのに。「何も書いていないわ」

「今すぐレイチェルにきいてみてくれ」

「アイアス、もしレイチェルがきみと離れて考えたいというのなら――」ジョセフがためらいがちに口を挟む。

「今は彼女の心配をする気分じゃありません」アイアスは噛みつくように言った。

リアは震える指で、できるだけ素早くメールを打った。〈アレックスって誰？〉

〈あなたの知らない人よ。アレックス・クリストフィデス。こんなまねをしてごめんなさい〉

「アレックス・クリストフィデスですって」

アイアスとジョセフが視線を交わす。リアはうなじの毛が逆だち、全身に鳥肌がたつのを感じた。

「アレクシオス」リアはのろのろと言った。「アレクシオス・クリストフィデスのことだわ」

「これでわかった」アイアスは言った。「やつはビジネスだけでなく、結婚まで邪魔する気だ。そしてホルト社を手に入れるつもりなんだ」

「なぜ彼はそんなにあなたを恨んでいるの？」

アイアスの顔が暗くなった。「わからない。単なるビジネスだろう」

「レイチェルは知っているのかしら？」

「たぶん知らないと思う。ビジネスは彼女にはかかわりのない世界だ」

だが、ビジネスの世界に身を置くリアは知っていた。アレクシオス・クリストフィデスは五年ほど前からひそかに株を買い集めたり架空の不法行為を通報したりして、アイアスの会社にいやがらせをしている。最近、その行動はエスカレートしていた。

「一度も彼について話さなかったの？」

「さっきも言ったが、彼女には関係のない世界の話だ」アイアスが歯を噛みしめるようにして言った。

リアはふたたびメールを送った。

〈彼はアイアスの敵よ。知らなかったの？　利用されているだけじゃない？〉

〈もう遅いのよ、リア。とにかくアイアスとは結婚できない。アレックスといなくてはならないの〉

〈結婚式の日に？〉

〈ごめんなさい。信じて。ほかに方法がないのよ〉

「レイチェルがクリストフィデスを選んだのなら、しかたない」ジョセフが言った。

「クリストフィデスがアイアスを打ちのめそうとしているだけだとしても？　それに会社はどうするの？　彼のものになったら、ちっぽけなわたしの店なんかつぶされちゃうわ」

「レイチェルを利用するような男なら、あり得る話だ。だが、レイチェルはそんなばかじゃないさ」ジョセフが言った。

もちろんレイチェルはばかではない。社交的で洗練された姉は、世間知らずとはほど遠かった。

だが、レイチェルは人生の醜い面を知らない。姉がだまされているかもしれないと考えると、リアは気分が悪くなった。

「契約書にサインしたら、渡してください」アイアスがジョセフに言った。「内容を修正しなければ」

「ああ。だが会社の所有権についてはレイチェルに約束したんだ……最初に結婚した娘の夫に譲ると」

「それはぼくを念頭に置いてのことでしょう？」

「そうだ。だが約束を反故にはできない。会社を盾にとってわたしが望む男と結婚させようとしていると、思われたくないからな。これがレイチェルの意思ならしかたない。レイチェルも取り決めについては知っているんだから」

リアも、取り決めはアイアスとレイチェルの結婚を想定してつくられたものだと知っていた。父はアイアスを息子のように思っている。だからこの結婚は自然で合理的な流れだったのだ。

それなのに、すべてが崩壊しようとしている。わたしの店、わたしの人生を巻きこんで。

美人でもなければ男性を惹きつける魅力もないわたしには、〈リアズ・ロリーズ〉しかない。店は人気が出てきたところで、ブランドカラーの〝リア・ピンク〟は〝ティファニー・ブルー〟のように知られ始めている。それを台なしにされてたまるものですか。店はわたしそのものなのだから。

「ちょっとアイアスとふたりで話がしたいの」頭に浮かんだ考えはまだぼんやりしていたが、リアは言った。「お願い」父に頼む。

ジョセフはうなずいた。「必要なら、そうするといい」そしてアイアスを見た。「残念だよ。きみは息子も同然だが、レイチェルに無理やり結婚しろとは言えない。もしレイチェルがクリストフィデスを選んだのなら、彼がきみにとってどんな存在であれ、口出しをするつもりはない」

「そんなことはお願いしません」アイアスが強い口調で言った。

リアは部屋を出ていく父を追いかけて抗議したかったが、説得できないとわかっていた。約束をたがえれば、女性をビジネスの道具にするという不名誉な行いに身を染めることになると信じているのだ。

アイアスが窓の外を見つめた。「どうすればいいんだ？　契約書はあとはサインをするだけ。結婚式の準備も終わっている。三時間後には千人もの招待客とマスコミがやってくるというのに」そう言うと、リアのほうを向いた。鉄壁の自制心が揺らぎ、声が張りつめている。

彼の顔を見ていたリアは、突然、どうすればいいかひらめいた。「契約は正確にはどうなっているの？」

「結婚契約書にサインした時点で、ホルト社の所有権がぼくに移ることになっている。ただし、五年間は結婚を継続するのが条件だ。それ以前に破綻した場合は、所有権はきみのお父さんに戻る」

「契約書に名前は書かれているのかしら？」

「いや、書かれていない。だから問題なのさ」

「五年間続ければいいのね？」

「そうだ」

「じゃあ、わたしがするわ」

声が大きく響き、リアは一瞬、心をさらしてしまったように感じて落ち着かなくなった。だが、もう昔とは違って強くなったのだと気をとり直す。

「何を？」アイアスが射抜くような目で彼女を見た。

「つまり……」自信が消え、声が途切れた。リアはかつてアイアスに憧れていた。でも気持ちを打ち明ける前に、彼はレイチェルに愛を告白したのだ。

〈リアズ・ロリーズ〉のため、ホルト社のためよ。昔の気持ちとは関係ない。

それに、もう以前の感情はない。アイアスはほかのみんなと同じようにレイチェルを選んだ。二度と無防備に気持ちをさらしはしない。幾重にも張りめぐらせた心の壁の奥に、痛みを隠すすべを学んだ。プライドを守るために。

「あなたと結婚するの。そうしたら、結婚式のことも会社のこともすべて解決するわ。たとえレイチェルが明日クリストフィデスと結婚しても、ホルト社は彼の手には渡らない。全部うまくいくのよ」

アイアスが暗い目をして笑った。「全部うまくいく？　ずいぶん軽く言うんだな」

「もちろん軽い話じゃないのはわかっているわ。でも、何も手に入らないよりいいでしょう？」

アイアスは普段から感情を見せない。レイチェルに対しても人前で愛情を示すことはなかった。だから、ふたりの関係は便宜的なものではないかとか疑っていたほどだ。しかし今の彼は、愛する人を失い、ショックを受けているようにしか見えない。

アイアスの目に、いつもと違う迷子の少年のような表情が浮かんでいる。ホルト家に来る前は、こんな目をした少年だったのかもしれない。

初めてアイアスに会ったときのことは、今でもよく覚えている。世界が傾いたような衝撃だった。

まだ子供だったにもかかわらず、出会った瞬間、なぜかアイアスに惹かれた。リアの話に耳を傾け、自分は特別なのだと感じさせてくれる彼は、すぐにかけがえのない存在になった。だからアイアスにずっとついて回っていたのだ。リアは当時を思いだして、恥ずかしさに顔が赤くなった。

アイアスの顔から迷子の少年のような表情が消え、何も読みとれなくなった。まるで新しいヨットやスポーツカーを見ているみたいだ。いいえ、違う。それならもっとうれしそうに眺めるはず。キャンディを前にしたときのように。ふたりともキャンディが大好きだった。少なくとも以前は。

職業柄、キャンディならたくさんある。だが、甘いもので彼を釣ろうとするのはもうやめていた。アイアスの目にはレイチェルしか映っていないとわかったときに。

「だから、そうするしかないというわけだ」

その言い方に、リアは逃げだしたくなった。やはり姉には遠く及ばないのだと思い知らされる。「そうよ。夫として歓迎するわ」

「喜んできみに感謝するなんて思わないでくれ」アイアスが部屋のなかを行ったり来たりし始めた。「花嫁がぼくの敵と逃げたんだ。連絡すらよこさずに。きみにはメールを送ってきたのに」

「わたしは妹だもの」

「ぼくは愛する男のはずだった」彼が吐き捨てた。

リアはアイアスの腕に手を置いたが、やけどしそうな熱が指先から体じゅうに走り、あわてて手を引いた。こんなふうに感じるなんておかしい。彼への恋心は消えたはずなのに。きっとアイアスが信じられないほどハンサムだからだわ。単なる肉体的な反応よ。彼に触れる女性はみな、同じように感じるんだわ。

でも幸い、そんな反応を隠すすべは知っている。何年もかけて、マスコミ相手に気持ちを見せない練習を重ねてきたのだから。冷たい仮面で心を隠せば、傷つかないですむ。すべてをはね返す鋼のような微笑みなら、いつでも浮かべられる。

ああ、だけどわたしはアイアスにプロポーズしてしまった。

そう思うと、いつもの冷たい笑みを保てなかった。彼が好きだからプロポーズしたわけではないのに。そんな個人的感情ではなく、いろいろなものがかかっているからだ。ホルト社や〈リアズ・ロリーズ〉の将来、アイアスの夢とこれまでの努力が。

「なぜだ、リア？　結婚してきみになんの得がある？」

「だってレイチェルは今、正気じゃないわ。下心を持って近づいた男性のもとに走ったんですもの。彼はあなたを傷つけようとしているだけでしょう？」

「ああ」アイアスが答えた。

「父にはレイチェルの欠点が見えていないのよ」

「欠点があるのか？」彼が淡々ときいた。

「人を簡単に信じすぎるの。クリストフィデスはそこにつけこんだのよ。ホルト社を手に入れて、あなたを打ちのめすために。そうなれば姉も傷つくわ。だから阻止するのよ」

「当然そうするべきだな」

「だから結婚すべきなの。しかもレイチェルより先にしなければ、わたしたちふたりともホルト社を失ってしまう。特にあなたは、レイチェルとホルト社の両方をクリストフィデスに奪われるわ」

「ホルト社がきみにとってそんなに重要だとは思っていなかったよ、リア」

「父が築いた会社ですもの。赤の他人には渡したくないわ。それに、父はわたしの会社の株を半分持っている。わたしの会社はホルト社の傘下にあるの。ホルト社が他人の手に渡れば、他人に支配権を握られてしまうわ」

「もしレイチェルがホルト社をほしがったら？」

「それはないわ。姉は社交的な意味ではあなたの右腕になれても、会社の経営には興味がないもの」

「たしかにそうだ。そもそも、そんなことは求めていなかったし。ぼくにも家庭生活を営む人間らしい面があるとアピールする存在であってくれればよかったんだ」

　リアはアイアスのこわばった口もとや目を見つめた。たしかに彼には、社交面で助けてくれる女性が必要だ。彼女は息を吸い、仮面をしっかりとつけた。

「でも、レイチェルはもう手に入らない。あなたは、ほかの男性に妻と会社の両方を奪われたいの？」

　アイアスがリアを見すえたまま一歩近づくと、彼女は体のなかで何かがとけていくような気がした。

「リア、きみはホルト社以外に何がほしい？」

「〈リアズ・ロリーズ〉を維持すること。ホルト社は株の四分の一を持っているのよ。でもそれだけじゃない。わたしはホルト家の人間だから。会社はわたしたち家族のものよ。あなただけのものじゃないわ」

「ぼくとレイチェルのものになるはずだった」

「わかっているわ」

「ぼくにはきみの会社の株を渡しても大丈夫だと思っているのか？　クリストフィデスは金儲(かねもう)けの天才だ。もしかしたらきみにとっては、ぼくに託すよりいいかもしれない。レイチェルはそう考えているようだし」

「あなたなら、わたしのこともわたしの店も正当に扱ってくれる。それはまったく心配していないわ」

「わからないぞ。ぼくは株を売ってしまうかもしれない。持っていれば利益を生む自信があるのか？」

「もちろんよ。高価で体に悪いものを売っているんですもの。店がうまくいかないわけがないわ」

アイアスが眉をつりあげた。「じゃあ、きっと成功するな。悪癖は人をとりこにするから」

「そうよ。だから話しあいを続けていいかしら？」

「どうぞ」彼が感情をまじえずに言った。

「あなたの言ったとおり、手はずはすべて整っているわ。会社の引き継ぎはほぼ終わっているし、式は招待客も牧師さまもケーキも出番を待つだけ。わたしだって店の商品をたくさん寄付したのよ。贈り物として」

「気前がいいな」

「それどころか、今は花嫁も寄付するつもりよ」

「ぼくが受け入れればね」

アイアスはリアを見つめた。彼女を女性として見たことはなかった。自分にとっては今でも、少し太めの十六歳の少女だ。歯列矯正器をつけて、甘いものが大好きな。

彼がホルト家の別荘で働き始めた日から、リアは毎日、庭仕事の道具の脇に甘いキャンディを置いていった。キャンディのプレゼントは、アイアスがニューヨークの本社で働き始めてからも続き、独立したときにはチョコレートのブーケが届いた。

アイアスは受けとるたびに、少女のリアを思い浮かべた。純粋でかわいらしいリアに見あげられると、自分が価値のある人間になった気がしたものだ。でも、今目の前にいるリアはまるで別人だ。

リアは二十三歳。大人の女性だ。ずいぶんほっそりし、昔のふっくらした体つきは名残をとどめるくらいになった。くせのある髪は昔と違ってつややかだし、何より、今の彼女には強さがある。でもリアは、レイチェルにはなれない。美しくたおやかなレイチェルには。

レイチェルと結婚しようと決めたのは何年も前だ。その目標を失った今、アイアスはどうすればいいかわからなかった。

レイチェルはぼくが愛した唯一の女性だ。だが、彼女はぼくを捨てた。ぼくはホルト社を継ぐ権利を失う。思い描いてきた計画は、レイチェルとの結婚が前提だった。だからその前提が崩れれば、計画は瓦解する。

リアの申し出を受けなければそうなることを避けられないと悟って、プライドはずたずたに傷ついた。計画をたて直すには、リアの力を借りる必要がある。

レイチェルとの結婚は、思い描いた人生を完成させる最後のピースだった。自分の求めるすべてがそこにはあった。だから、がむしゃらに働いた。自分を律して脇目も振らず努力し、ようやくゴールが見えたところだった。

でも、レイチェルはそう思わなかったのだ。

考えてみれば当然だ。彼女はすべてにおいて情熱的な女性だ。だが、ぼくに対しては違った。熱烈な愛情のない淡泊な関係を受け入れていたのは、ぼくに対する気持ちがその程度だったからだと気づくべきだった。

今はもう、プライドにこだわればすべてを失うだけだと認めなければならない。リアの申し出を拒否しても、いいことはひとつもないのだ。

それでもやはり、リアを妻と考えるのは難しい。自分にとって、彼女はそういう対象ではなかった。

「ねえ、アイアス、女性を待たせるものじゃないわ」そう言って、リアが軽く微笑んだ。単なる余興だというように落ち着いている。彼女はいつのまに、冷静に物事を計算できるようになったのだろう？　いったいどこでビジネスの世界を生き抜く強さを身につけたんだ？

「きみと結婚する」論理的に考えれば、そうするしかなかった。「すぐにレイチェルのドレスを直させよう」

リアの表情は変わらなかったが、頬だけ赤く染まった。「裾を三十センチつめて、ウエストを広げてね」

やや大げさだが、たしかにそうしなければならないだろう。レイチェルは長身でほっそりしているが、リアの身長はぼくの肩くらいだ。そして姉よりふっくらしている。しかし、それはつくべきところについているからだとアイアスは初めて気がついた。

「じゃあ、新しいのを届けさせるよ。サイズは？」

「自分で手配するわ」リアの頬は赤いままだ。「二時間しかないから既成品になるけど大丈夫。それに、ドレスの変更なんて、ささいなことよ」

「でも、きみはホルト家の後継者だ」

「ええ。そういう意味ではわたしと姉は交換可能よ。ただし、姉のドレスは使えないけれど」

「ぼくはそんなつもりで言ったんじゃない。きみはレイチェルとは別の人間だ。交換なんかできない」

アイアスにとってレイチェルは完璧な人生の象徴だった。彼女と結婚したら、戦いは終わるはずだった。自分を厳しく律する日々は終わるはずだったのだ。

レイチェルには軽いキス程度しかしていない。この六年間、それでいいという暗黙の了解があった。そもそも、彼女とはしょっちゅうデートをしていたわけではない。レイチェルは縛られるのを嫌い、人生を楽しみたがった。それも、いずれ落ち着くと思っていた。

だが、間違っていたらしい。

「姉があなたを置き去りにしたことを残念に思う

わ」

「そうだろうね。きみの払う犠牲を考えると」

リアはウィスキー色の目をうるませて彼を見つめている。なぜ泣きそうなのだろう。結婚すると言いだしたのは彼女なのに。リアの涙は見たくない。

ジョセフ・ホルトは十代のぼくを導いてくれた。ジョセフの家族は、ぼくにとっても家族だ。ホルト家の人間を傷つけることはできない。

「やめてもいいんだよ、リア。今は感情的になっている。単なる思いつきにきみを縛るつもりはない」

「そもそもこの件は、感情が引き起こしたものよ」

「きみのことを言っているんだ」

リアは目をしばたたいた。「あなたは何も感じないの？」

「もちろんぼくにだって感情はある。だが、それをもとに決断をくだすことはない。だからレイチェルの代わりにきみと結婚するつもりだ。論理的判断さ」それなら、計画を練り直すあいだも先に進み続けられる。計画に基づいて行動すれば、自制心を保てる。アイアスは自制心を何より重んじていた。

自制心を失うと何が起こるかはわかっている。感情に任せて生きればどうなるかは。

「たしかにこの件は感情が引き起こしたものだけど、わたしの提案は感情とは関係ないわ」

「ホルト社はぼくのものだ。そう約束されていた。血のつながりはないが、今まで後継者としてしこまれてきたんだ」

「わたしだって〈リアズ・ロリーズ〉のために必死で働いてきたわ。それを台なしにされたくない」

アイアスはリアを見て、見くびっていたのだろうかと考えた。リアにはビジネスの才覚がある。社交に熱心だったレイチェルと違って。

レイチェルのそうした面は、妻にしたいと思った理由のひとつだった。ぼくの苦手なことが彼女は得意だ。すぐに人と打ち解け、簡単に友人をつくり、その魅力で思いどおりに物事を動かす。まさにぼくの欠点を補う最高のパートナーになるはずだった。だが、リアの才能はもっとビジネス寄りだ。ホルト社の経営にも参加したがるだろう。会社は半分ずつの所有になるから、彼女にはその権利がある。

一方、ぼくも〈リアズ・ロリーズ〉の権利を得る。さっきリアにはいろいろ言ったが、彼女がかなり成功していることは知っていた。ぼくの資金が加われば、さらに事業を拡大することができるだろう。

リアの店は、ぼくに大きな利益をもたらす可能性がある。もちろんリアにも。

「ほかに何を知っている？」アイアスはきいた。

「いろいろと。あなたにとって、ホルト社のトップにたつのがどんなに大切かは知っているわ。そのために、長年父のもとで働いてきたんでしょう？」

そのとおりだった。ジョセフ・ホルトは、ロドス島の別荘で働いていた十六歳の無学で無一文の少年を導いてくれた。ぼくは父の屋敷から――生まれ育った島から逃げてきたところだった。汚職がはびこる島にはもういられなかった。そして、さまざまな理由から親と縁を切った少年たちと暮らしていた。

アイアスが這いあがれたのは、ジョセフのおかげだった。ホルト一家は毎年夏と冬に別荘へやってきたが、ほかの金持ちたちと違って使用人に親切で友好的だった。

やがてジョセフはアイアスに目をかけて父親代わりとなり、大学の学費や会社の資本金を出してくれた。アイアスはアメリカのホルト本社で三年間働いたあと、自分の会社をたちあげた。

それでも、将来ホルト社を継ぐことはずっと頭にあった。レイチェルを妻にすることも。

だが、今日、片方を失った。両方は失いたくない。

「よく見ているんだな、リア。いい取り引きを見分ける嗅覚も、それを見逃さないところも、お父さん譲りだ」

リアは顎をあげた。「わたしはホルト家の娘よ」

「レイチェルもだ」

「覚えておいて。わたしは姉じゃないわ」

アイアスはリアを見ると、どうしても昔の姿が浮かんだ。量の多いくせ毛をかろうじてゴムでまとめ、ジョセフの書斎で本を片手に座りこんでいた姿が。どこにでもついて回り、ビジネスのアイディアを思いつくままにしゃべり続けていた姿が。

〝本気でやればきっとうまくいくよ、リア〟

リアにそう言ったのは自分だが、実現するとは思わなかった。彼女が本気になったらどんなに危険な存在になるか、わかっていなかった。

「ぼくはなんだって忘れたりしないよ」

「じゃあ……準備にとりかかるわ」

2

ブーケをとるリアの手は震えていた。レイチェルのためのブーケだ。姉のものなんかいやだと、初めて思った。

でも、ドレスと靴だけは自分のものだ。ドレスと靴が体に合わなくてよかった。

胃がきりきり痛む。リアは鏡のなかの自分を見つめた。怯えたような目ばかりが目立つ。これからすることの重大さをひしひしと感じた。

思いついたときは単純に思えた。クリストフィデスにホルト社を奪われてはならない、レイチェルを利用させてはならないという一心だった。

けれど実際にウエディングドレスをまとうと、こんな結婚はどうかしているという気がした。リアはティッシュペーパーをとって唇を押さえた。ティッシュペーパーについた真紅の口紅に、目が吸い寄せられる。アイアスとキスをしたら、彼の唇にもこんな跡が残るのだろうか？

リアは愕然として、鏡の前の椅子に座りこんだ。本当に彼と結婚して、キスをするんだわ。

でももっと心配なのは、マスコミの反応だった。きっといつものように笑い物にされる。これほどの大イベントが注目されないはずがない。レイチェルは世界じゅうの雑誌の表紙を飾っているファッションリーダーだし、アイアスはセクシーでミステリアスな億万長者だ。わたしとはぜんぜん違う。

リアは鏡を見つめたまま、つまずかないように注意して立ちあがった。ストラップレスのドレスからこぼれでそうな胸を両手で覆う。急だったため少し小さいサイズのドレスしか手に入らず、普段はできるだけ隠している豊かな胸があらわになっていた。これから千人もの招待客やカメラマンの目にさらされるのだ。マスコミからも男性からも絶大な人気を誇るレイチェルの代わりに。

リアは、姉のドレスを借りてパーティに出席したときのことを思いだした。あのときは、世界じゅうに恥をさらしてしまった。姉と比べて太めな体が強調されたうえ、ドレスの色のせいで顔色が悪く見えた。ファッション雑誌には同じドレスを着たレイチェルとリアの写真が並べて掲載され、〝どっちがすてき？〟という見出しをつけられた。

父のオフィスでその雑誌を見て泣いていたら、アイアスが入ってきた。彼は自分の会社が急成長して忙しい時期だったはずだが、いつもホルト社のために時間を割いていた。

〝恥ずかしくて消えてしまいたい。この先どうやって生きていけばいいの？〟

アイアスは冷静に答えた。〝レイチェルと自分を比べる必要はない。きみはきみ。けっしてレイチェルにはなれないんだよ〟彼が膝をついて目を合わせた。〝それから、人前で泣いてはだめだ。弱みを見せるな。何をされても平然としていれば、世間は興味を失うさ〟

アイアスは正しい。わたしはレイチェルではない。だからそれ以来、姉とはなるべく違う道を選んで歩んできた。つらい顔はけっして見せずにビジネスに励み、マスコミに何を言われても無視した。

おかげで今では、心を守れるようになった。

昔は、アイアスにだけ素の自分を見せることができた。彼が別荘ではなく会社で働き始めると、放課後には彼のオフィスに押しかけ、何時間も過ごした。

帰るときはいつも、机にキャンディを置いてきた。アイアスが喜んでいたかは定かではないけれど、翌日行くと食べてくれていた。それに、かすかにだけれど微笑(ほほえ)んでくれた。彼が笑うことはほとんどなかったから、とてもうれしかった。

いつしか彼を愛するようになり、気持ちを打ち明けようとしたが、最後の最後で勇気がくじけた。

するとその週末に、アイアスはレイチェルと結婚するつもりだと発表した。

〝人前で泣いてはだめだ〟という彼の言葉を、リアは何度も心のなかで繰り返した。それきり、アイアスのオフィスへ行くのも、キャンディを机に置くのもやめた。

以来、誰にも弱みは見せていない。

それでも、マスコミにはいつもいやな思いをさせられた。今回もきっとひどいことを言われるにちがいない。

きっと太めの体型をあてこすられ、姉より劣ると揶揄(やゆ)されるだろう。でもどんなにいやでも、避けるすべはない。彼らは、わたしがキャンディショップを経営していることと体形を結びつけたがる。太めの少女が成長してキャンディショップを開くという筋書きが気に入っていて、わたしが店の商品を食べすぎているとほのめかすのだ。

結婚式で、わたしはアイアスの隣に立つことになる。完璧な体を持つ彼と並べば、わたしはマシュマロのように見えるだろう。

「リア」父が部屋に入ってきた。父もまだショックからたち直っていなかった。「準備はいいかい？」

「ええ」リアはゆっくりとうなずいた。

契約書にサインをしたから、期限つきの結婚だとわかっている。だからアイアスは最後まで、わたしに指一本触れないかもしれない。

しかし今は空想と現実が入りまじり、自分がどう感じるべきなのかもわからなかった。世界が揺らぎ、心を隠す仮面をうまくつけられない。

「わたしが望んだのよ」リアはかすれた声で言った。

ジョセフは、心の底まで見通すような視線で彼女を見た。「わかった」そう言って腕をさしだす。「じゃあ、行くか。それにしても、おまえを嫁にやるなど、思いもしなかったよ」

父にわたしの心を見通せるはずがない。空っぽなのだから。だが、リアは言った。「わたしはもう二十三歳よ」

「だとしてもだ。レイチェルの場合は予想していたから、それほどショックではなかった。アイアスの気持ちを知っていたからね。レイチェルを女性として意識するようになったとき、話してくれたんだ」

「六年前ね」リアは正確な時期を知っていた。そのつらい記憶は今も生々しく残っている。

「だがレイチェルは、結婚前にもっと人生を楽しみたいと望んだ。当時、まだ二十二歳だったからね。おまえにはそういう気持ちはないのかい？」

「夫がいても楽しむことはできるわ。結婚が人生の終わりというわけじゃないもの」それに、これは期限つきの結婚だ。本物の結婚ではない。

「たしかに。だが、かわいい娘の結婚だ。理屈では割りきれない」

リアは大きく息を吸いこんだ。「パパ、わたしは家を出て何年にもなるのよ」

「わかっている」

「それに、アイアスは息子も同然でしょう？」

ジョセフが足をとめて彼女を見つめた。「おまえを傷つけたら、あいつを破滅させてやる」

リアは目をしばたたいた。「彼はそんなことしないわ」絶対に傷つけさせるものですか。さっきは一瞬弱気になったけれど、もう気は抜かない。

アイアスはもはや、わたしにとってかけがえのない存在ではないのだから。彼を見てすてきだと思っても、身も世もなく焦がれはしない。

ふたりは玄関ホールで立ちどまった。扉を開けて庭へ出たら、結婚式が始まる。レイチェルのために準備された結婚式が。

そのとき扉が開き、陽光があふれた。中庭の向こうに、青い海が広がっている。

階段をおり始めると、招待客が立ちあがった。ショックに息をのんでささやき交わす声が、弦楽四重奏をかき消すように聞こえてくる。なぜ花嫁がリアなのだろうといぶかっているのだ。

レイチェルは逃げたのだと、みなすぐに気づくだろう。アイアスがレイチェルをさしおいてわたしを選ぶなんて、あり得ないのだから。

リアはずっと、ロドス島での結婚式を思い描いてきた。だがこれは、想像していた式とは違う。

目をあげると、祭壇の前で待つアイアスが見えた。心臓が激しく打ち始める。昔の夢がよみがえって、息苦しくなった。いつもアイアスとの結婚を思い描いていたが、空想のなかの彼は微笑んでいた。恐ろしいものを見るような目でにらんではいなかった。

リアは父の腕を握る手に力をこめ、アイアスを見つめて歩き続けた。いったいわたしは何をしているのだろう？　だが、もう引き返すことはできない。彼はすでに一度、花嫁に逃げられているのだから。

だが胸の痛みはどんどん強くなり、息がつまった。

アイアスに対してこんなふうに感じてはいけないと頭ではわかっているのに、気持ちがついていかない。完璧に心を防御していたはずだったのに。

祭壇の前に着いたとき、リアの顔はまっ青だった。

父のキスを頬に受けると、彼女はアイアスの横に立った。彼がさしだす手をとる。手を握られるのは初めてだった。

顔が熱くなる。なぜ赤くなるの？　いつものように感情を押し殺せないのはどうして？

なぜか本物の結婚のような気がしてならなかった。

〈リアズ・ロリーズ〉のための、そしてホルト家のための、便宜上の結婚なのに。

アイアスがもう片方の手もとり、リアと向かいあった。突然、彼女は怖くなった。抑えきれないほど感情が高まり、とうとう無視できなくなる。彼に対する気持ちが花開いて、生き生きと強く息づいた。

きっとわたしは、少女のころの空想の世界にいるのだ。空想でなければあり得ない。ウエディングドレスを着て、タキシード姿のアイアスの横に立っているなんて。

アイアスが誓いの言葉を述べた。感情のうかがえないその声は、力強く揺るぎない。そしてリアもつかえずに誓った。なぜか、これは心からの言葉だという気がした。永遠に自分にはアイアスしかいないのだと。

心を守る壁が揺らいでいる。懸命につくりあげてきた強い自分に、ひびが入りかけている。

「それでは花嫁にキスを」

その瞬間、心臓が動きをとめ、世界がとまった。思わずアイアスの唇に目が吸い寄せられる。これまで何度、彼とのキスを想像しただろう。

アイアスがリアの腰に腕を回してキスをした。

リアは不意をつかれた。血が沸きたって全身を駆けめぐるなんて、予想していなかった。両腕が自然にあがり、彼の上着の襟をつかむ。

本物の情熱的なキスだった。形式的で慎み深いキスになると思っていたのに。

アイアスが唇に舌を這わせたので、リアは思わず口を開けて彼を迎え入れた。崩れ落ちそうな体を、アイアスの力強い腕が支えてくれる。

こんなキスは初めてだ。今やめられたら、耐えられそうになかった。彼に触れられたくて胸がうずき、心臓が激しく打つ。アイアスにしか満たせない渇望で、脚のあいだが脈打っていた。

突然、アイアスが体を引いたので、リアはバランスを崩しかけた。みなが拍手をし、牧師が結婚の成立を宣言したが、彼女はそれに気づかないほど動揺していた。

「笑って」アイアスに耳もとでささやかれ、リアはわれに返った。

〝人前で泣いてはだめだ〟

彼女は笑顔をつくり、アイアスとともに歩いた。

ふたりはさっきおりた階段をのぼり、家に入った。

背後で扉が閉まると、アイアスがネクタイをゆるめた。

「写真を撮らなくていいの？　カメラマンが……」

「そんなものはいらない」彼の声は荒々しかった。

「でも結婚式なのよ。お金を払ってカメラマンに来てもらっているのに」

「マスコミが十分撮ったさ。わざわざ撮るなんてまっぴらだ。それより酒が飲みたい」

「お酒なんて飲まないじゃないの」

「いつもはね」

アイアスが酒を飲むところなど見たことがない。自分との結婚がそんなにいやなのかと、リアは傷ついた。「披露宴はどうするの？」

「それより、早く帰って初夜の儀式にとりかかろう」アイアスがそっけなく言った。「披露宴には出ない」

「本気なの？」

「ああ。今すぐ帰る」

リアはまだ帰りたくなかった。こんなに感情が揺さぶられている今は。

だけど、彼の言うとおりにするしかない。

アイアスが彼女の手をとって、反対側にある表玄関へ向かった。外ではリムジンが待っていた。彼はリアを乗りこませてから、自分もあとに続いた。

リアがアイアスの視線をたどると、階段の上にカメラマンが立っていた。

「写真を撮らせてやろう」

アイアスはうなるように言うと、リアをぐいと引き寄せた。ドレスから今にもこぼれそうな胸が彼のかたい胸に押しつけられる。そして彼女はまたしてもキスをされた。

アイアスが舌をさしこんでくると、リアの体の芯に震えが走った。彼にこたえずにはいられなかった。アイアスの髪に指をさし入れ、必死でしがみつく。

何も感じていないふりはできなかった。どうごまかしても、今アイアスを求めているようにほかの男性を求めたことはないのだから。

彼が首筋に唇をつけ、下へとたどっていく。いったん顔をあげて車を出すよう運転手に言うと、また首へのキスに戻った。

だが、車がホルト家の別荘から遠ざかると、アイアスはいきなり体を離した。

「いったい……どういうつもり？」

「あれこれ質問に答える気分じゃなかったのさ。きみは平気だったのか？」

「わたしもいやだったけど」

「マスコミに話をする前に、打ちあわせが必要だ」

「たしかにそのほうがいいわね」唇が腫れて熱い。めまいもする。いったい何が起こったのだろう？　リアは目を落とした。アイアスがはめてくれた指輪が見える。まるで奇妙な夢のなかにいるみたいだ。

「なぜレイチェルではなくきみが花嫁になったのか、説明がいる」

「本当のことを言ってはだめなの？　レイチェルはほかの男性を愛していると気づいたって」

　アイアスの目に獰猛な光が宿った。「だめだ。きみにとってはそんなに単純なことなのか？」

「そうじゃないけど、わたしのプライドも考慮してね。マスコミにはこれまでさんざんひどいことをされてきたんだから」

「ふたりともプライドは守りたいってわけだ。だがこんな言い方はきみに悪いが、ぼくの計画は台なしだよ」

「たしかにそうね」

「きみにとっても青天の霹靂だっただろう？」

「もちろんよ。姉の結婚式に出るつもりで支度したら、自分の結婚式になったんですもの。今だって、この車がどこに向かっているのかも知らないのよ」

「ぼくの家さ。ハネムーンには、引き継ぎが一段落してから行く予定だった」

「ニューヨークへ向かうの？」

　アイアスは首を振った。「まだだ。ここのオフィスでも、とりあえず作業はできる。トップの交代がスムーズにいくよう、きみのお父さんがいろいろ準備してくれたからね。だがハネムーンは……」

「ビジネスが優先だとわかっているわ。ところで、このドレスしか着るものがないのよ。下着もないのよっ……」思わず下着などと言ってしまい、リアはあせった。「スーツケースは家に置いたままだから」

「よければ新しい服を一式そろえさせるよ。ニューヨークからきみのものも運ばせる」

「わたしのものを運ばせるって、どういうこと？」

「きみはここでぼくと暮らすんだ。もちろんニューヨークへ行くこともあるが、そのときはぼくのペントハウスに滞在する」

「わたしのアパートメントだって、なかなか居心地がいいのに」

「一緒に暮らすんだよ。夫婦らしく」

「ええ、そうすべきよね。結婚したんだから」

「ショックを受けているみたいだな」

「あなたはショックじゃないの？」

アイアスは推しはかるようにリアを見た。「自分は精神的にタフだと思っていたが、さすがに今回は少しこたえた」

彼の口調は淡々としていた。こんなに自制心が強いなんて不公平だとリアは思った。アイアスの仮面は、わたしのものと違って簡単にははずれない。何も考えられないくらいわたしは混乱しているのに、彼にはそんな様子はまるでない。落ち着いて冷静にわたしを観察している。

ようやく現実が少しずつ心に浸透してきた。リアは、今し方の愚かな自分をいやおうなく直視させられた。少しキスをされたくらいで、すっかり無防備になってしまうなんて。でも、そんなところを人に見られずにすんだのは幸いだった。

「本当にあなたと暮らしてほしいの？」

「そうする必要があるのさ。本物の結婚じゃないと疑われるような危険は冒したくない」アイアスはアームレストに肘をついて、てのひらを額にあてた。そのしぐさから、彼の動揺がかろうじてうかがえた。

そのあとはふたりとも無言だった。山道をのぼる車のなかで、リアはだんだん怒りが湧いてきた。そのおかげで、ふたたび防御をかためることができた。

リムジンは曲がりくねった道をあがっていく。リアはアイアスの家に一度も行ったことがなかった。彼のほうは、ロドス島の別荘にもニューヨークのペントハウスにも来たことがあるのに。

リムジンが近づくと両開きのゲートが開き、山を背にしたモダンな屋敷が現れた。前方にきらきら輝く海が広がっている。伝統的なギリシアのヴィラらしいところは、壁を覆うピンクの花々だけだった。

「ここに来るのは初めてだわ」

「そうだったかな？」

「ええ。招いてくれたことないでしょう？　一緒にどこかへ出かけるような仲じゃなかったもの。最近はパーティでたまに顔を合わせて、挨拶程度のやりとりをするだけだったわ」

自然と疎遠になったわけではない。失恋したあと、自分を守るためにアイアスと距離を置いたのだ。

「それにぼくはパーティを開かないからね」

「それもあるわね」

車がとまると、リアは急いでおりた。ドアを開けてもらうのを待ちたくなかった。結婚式が終わって時間がたった今、ドレスを着ているとなぜか落ち着かなかった。

アイアスにキスされるたびに、空想の世界へと迷いこんだようなうっとりした心地になった。けれど、こうしてガラスと鉄でできた屋敷の前で陽光を浴び、海から吹きあげる風にドレスをはためかせていると、これは現実なのだといやでも実感させられる。

「なかへ入らない？　暑くてたまらないわ」

「ドレスのせいだな」

アイアスについてひんやりとした石づくりの玄関に入ると、リアはほっと息をついた。

「平気になったかい？」

「だいぶましになったわ。ありがとう」

「きみの荷物が早く届くといいんだが。それまでは不便だろうね」

何気なく下を見たリアは、胸がまたドレスからこぼれそうになっているのに気づいて息をのんだ。

すべてをなげうって、ここで暮らすのだ。本物の結婚に見せたいとアイアスが望むから。

「それで」こわばった声でリアは切りだした。彼が正確にはどういう結婚を望んでいるのか、知っておかなければならない。「ベッドはともにするの?」

「なんだって?」

「さっき、初夜の儀式がどうとか言っていたじゃない。それに、一緒に暮らすんでしょう?」

「きみとベッドをともにする気はない。とにかく、今夜は絶対にない」

「じゃあ、どういう結婚にするつもりなの? 今夜はないと言うけれど、この先は?」

「ぼくはマスコミに対して共同戦線を張りたかっただけだ。契約を完結させるには、五年間結婚を続けなければならない。でないと会社は……」

「クリストフィデスのものになるのよね?」

「ジョセフが復帰できる状況じゃなく、クリストフィデスがまだレイチェルと続いていればね。つまりこの結婚は、何年も続けなければならない。ずっと続けるほうがいいという結論になる可能性もある。とはいえ結婚は突然だったし、今すぐきみを寝室に連れていって襲うつもりはない」

「あなたがそうすると思ったわけじゃないわ」

「きみが質問したんだろう」

「最初にはっきりさせておきたかったからよ。わたしたちは結婚したんだし、あなたが初夜について触れたから」リアは言い返した。

「じゃあきみは、今すぐぼくに体をさしだすつもりなのか? それならここで、壁に押しつけてきみを奪ってもかまわない。使用人たちには見るなと命じればいい。そうしてほしいのか？」

動揺した彼の声を聞くのは初めてだった。どうやら、アイアスの痛いところを突いてしまったようだ。

「そういうのが好きな女性もいる。きみはベッドの上がいいというのなら、寝室へ行こう。だが今きみを抱いても、それはレイチェルに腹がたっているからだ。ベッドでは、きみではなくレイチェルを思うことになる。きみはそれでもいいのか？」

冷たく容赦のないアイアスの言葉は、リアの心を切り裂いた。

でも、傷ついたことを彼に悟られてはならない。

「レイチェルを愛していたの？」彼女はきいた。

「今も愛している。何年も抱いてきた気持ちをいきなり消せはしないよ」

「そうでしょうね」

アイアスが自分をまったく求めていないと思うと、リアのプライドはずたずたになった。でも彼だって、プライドが傷つき、つらい思いをしているのだ。

アイアスは愛する女性を失い、なんとも思っていない女性と結婚した。彼にとってその女性は、破れた夢を思いださせる存在でしかないのだ。そう思い知らされるのは、耐えがたかった。

「あなたは初夜の儀式に興味がないようだから、わたしは部屋に引きとらせてもらうわ」リアは平静を装い、皮肉っぽく言った。「おやすみなさい」

アイアスがうなずく。「明日また話しあおう」

「楽しみにしているわ」

ひと晩眠れば、自分が何に足を踏み入れてしまったのか、もう少しよく理解できるだろう。

この先、アイアスとどうすればいいのかも。

3

翌朝、アイアスは黒いズボンだけはき、階下におりた。身だしなみに気を配る気分ではなかった。

結局、酒は飲まなかった。リアの言ったとおり、そもそも酒は飲まない。少しでも自制心を失うのがいやだからだ。こういう悪癖から人間は堕落する。

酒やドラッグやセックスで精神的に高揚したいという欲求が、世の中の諸悪の根源だ。それらに囲まれて育った彼は、その恐ろしさをつぶさに見てきた。だからこそ、氷山の一角と知りながらもそれらの温床をたたきつぶさずにはいられなかった。

二度と悪癖に支配されるつもりはない。

レイチェルに逃げられても、決心は変わらない。

ダイニングルームへ行くと、リアがいた。ウィスキー色の目を丸くして彼を見あげる姿は、まるで迷子のようだ。しかしアイアスは、辛抱強く迷子の相手をする気分ではなかった。

「よく眠れたかな？」礼儀正しく尋ねる。内心はどうであれ、妻にはきちんと接するのが礼儀だ。

「ぜんぜん」リアは簡潔に答えた。

髪は頭の上でまとめられている。豊かな胸やくびれたウエストは、たっぷりしたセーターで覆い隠されていた。

彼女の体の線を見たいわけではないが。

「新しいマットレスを注文したらどうだ？」

「突然結婚したことに比べたら、マットレスなんてたいした問題じゃないと思うけど。でもあなたの言うとおりね。ベッドがかたすぎたのかも」

「今朝は機嫌が悪そうだな」

リアはカップの持ち手を握りしめた。「そう？」

アイアスはわけもなく彼女を怒らせたくなった。トラブルが深刻な事態を招く危険な環境で育ったので、普段そんなまねはしない。しかし今日はあえて戦いたい。そうすれば酔う代わりになる気がした。

「恥じらう花嫁って感じじゃないな。正直に言って、ひどい様子だ」

「いつもそんなに意地悪なの？」

いいぞ。彼女を怒らせることができた。「これまでは本当のぼくを知らなかっただけだと言いたいところだが、実は最高に機嫌が悪いんだ」

「なるほどね。それで、なぜわたしに八つあたりするの？」

アイアスにもわからなかった。なぜリアの前だと感情的になってしまうのだろう？「ちょうどきみがここにいるからさ、愛する(アガペ)人。幸運な身代わりの花嫁として」

「いつもあなたにこんな扱いを受けていたのなら、姉が結婚式の日に逃げだしたのも無理はないわ」

「レイチェルと結婚していたらまだベッドにいただろうし、ぼくの機嫌もよかったはずだ」

リアのウィスキー色の目に傷ついたような表情がよぎる。怒りを吐きだそうとするあまり、言いすぎた。本当の気持ちかどうか自分でもわからないことをぺらぺらしゃべってしまった。

実のところ、レイチェルとベッドをともにしたらどう感じるのかわからない。前は、考えるだけで緊張したものだ。しかしリアとは、ベッドをともにしたくてたまらなかった。

「悪かった。無神経だったよ。ストレスがたまっているのはきみのせいじゃないのに」そのストレスには彼女も関係しているが。

リアが目をしばたたいた。こわばっていた体から少し力が抜ける。「そうよ。わたしにはまったく責任がないわ」

「きみが状況を正確に把握していてよかったよ」

「いいえ、ぜんぜん把握していないわ。いったいあなたはわたしに何を望んでいるの？　五年間ただの同居人として暮らして、そのあとは何もなかったようにひとりで楽しく生きていってほしいと思っているわけ？」

「どうやら、そういうわけにはいかないようだな」

「どうやら？」

「ぼくはそんなふうにきみを軽視するつもりはない」

「ゆうべ、あんなことを言っておいて、わたしを軽視するつもりはないですって？」

「ぼくは腹がたっていたんだ」

「わたしだってそうよ。今でも怒っているわ」

「謝ったじゃないか」

「謝られても、なかったことにはできないでしょう。いくらか気がおさまっても、完全には許せない」

「とりあえずそのことは置いておいて、これからどうするべきか話しあおう」

「いいわ」

「ほかにどうしようもないから、ぼくたちは結婚した」

「そうね」

「そして最低五年間、結婚を続けなければならない」

「そのとおり」

「ぼくは家族の一員になって、会社をホルト家のもとで維持していくつもりだった。だから結婚にこだわっているし、子供もほしい。本物の結婚にしたいんだ」

「あら、本当に？」

「ああ。ずっと妻がほしいと思っていた」

「相手は長身でブロンド。名前はレイチェルでしょう？」

「ああ」アイアスは歯を噛みしめた。「だが、結局、たいした違いはないだろう」

「本当にそう思っているの？　わたしってそんなにどうでもいい存在なの？　レイチェルも？」

「そういう問題じゃないんだよ、リア。父の家を出たときから、ぼくには将来の計画があった。まじめに働いて新しい人生のスタートを切り、生まれたとき歩む予定だった道には絶対に戻らないと誓ったんだ。そんなとき、きみの家族と出会った。ご両親はまるで本当の息子のように扱ってくれたし、そんなふたりにはレイチェルという娘がいた。すべてがふさわしいと思えたんだ。初めて会ったとき、彼女と結婚することこそ人生の目標にすべきだと……彼女こそ妻にするべき女性だとわかった。それなのに、彼女はぼくから逃げ、計画は台なしになった」

「それはレイチェルが生身の女性だからよ」

「でもぼくたちは完璧な組みあわせだったんだ」

「いいえ、そもそも完璧なんてあり得ないわ。レイチェルもあなたも、欠点のあるただの人間だもの」

「彼女を妻にすれば、全部のピースがあるべき場所におさまって、計画が完成すると思ったのに」

「ビジネスの計画をたてるようにはいかないのよ。レイチェルを理想化してはだめ」

アイアスはこめかみをもんだ。「わかっている」

「そうは思えないわ。レイチェルとの結婚が目標だったと言うけれど、達成したらどうなっていたというの？　突然、完璧な人生になったとでも？」

「説明するのは難しいな。きみのご両親はぼくを息子のように扱い、多くのことを教えてくれた。目標を与え、学校に行かせてくれた。きみのお父さんが道を示してくれたんだよ。だからぼくは、その道を脇目も振らずにひたすら歩き続けてきたんだ」

「ホルト家の一員になり、ホルト社を継承するという目標に向かってがんばってきたのね」

「ああ」

「目標を達成したら休息をとるつもり？」

「今までみたいにがむしゃらに働く必要はなくなるかもしれない。より安定した地位を得ることになるから。すべてが……理想の状態になると思う」

今はまだそうではない。ぼくは金と力と人脈を手に入れ、それらを使って、ドラッグと人身売買をとりしきる父の組織をつぶした。だが、まだ休めない。立ちどまっていいとは思えない。過去から遠ざかろうとする努力をやめていいとは思えないのだ。

自分のしたことを考えると。

「なぜそんなにすべてを計画どおりにしようとするの？」目に同情とあわれみを浮かべて、リアがきいた。だがそれらの感情も、ぼくが本当は野獣のような男だと知ったらたちまち消えるだろう。

アイアスは立ちあがって、部屋を行ったり来たりし始めた。「これくらいの変更はなんとでもなる。平気さ」

リアは彼を観察した。こわばった体に動揺が見てとれる。それに、愛する人を失った心の痛みもあるはずだ。

でも、アイアスは本当にレイチェルを愛していたのかしら？ 理想の人生を象徴する存在としてではなく、ちゃんとひとりの女性として見ていたの？

「考えがある」彼が言った。

リアは腕を組んだ。「聞かせてちょうだい」

アイアスは足をとめた。「まず、共同戦線を張ろう。ホルト社を継いでぼくなりのやり方でやっていくには、ふたりの結束が不可欠だ」

「その点は問題ないわ」

「それから、花嫁に逃げられたことは知られたくない」

「プライドは大事だと思う。わたしにそんなものが残されているかは疑問だけれど」

「ぼくにもたいして残されていないと実感したよ」アイアスの表情が険しくなる。「なるべく早く〈リアズ・ロリーズ〉の製品を大量生産する体制を整えよう」

　リアはどきっとしたが、平気なふりをして指先の爪を眺めた。「わたしの奉仕に対する見返りというわけ？」

　アイアスの顔に一瞬ショックの色が浮かんだが、すぐに消えた。「違う。きみはぼくの妻だ。金で買ったわけじゃない」

「妻でいる期間はどれくらいになるのかしら？」名目だけの結婚になるのかどうかリアは知りたかった。

「ぼくは、結婚の誓いをたてたからにはそれを守るつもりだ。きみはどうなんだ？」

「どんな面で？」

「すべての面で。この結婚が双方にとって利益になるのなら、離婚する意味はないだろう？」

「でも、愛情が欠けているわ」

「きみがロマンティストだとは知らなかったよ」

　たしかに、そういう部分は成長とともに消えた。アイアスの傍らに姉がいるのを見た日から徐々に。

「ロマンティストなんかじゃないけれど、結婚を続けて何かわたしにいいことがある？　夫はなぜかわたしを苦々しく思い、ベッドではほかの女性のことを考えると言っているのに」

　リアの体にゆっくりと視線を這わせるうちに、アイアスのまなざしが熱を帯びた。それにつれて彼女の体も熱くなる。自分がどれほど強く彼に惹かれているか、リアは思い知らされた。

「どうなの？」声がかすれた。

「きみは何がほしい？」

　愛はいらない。感情は必要ない。ほしいのは、結婚という絆でかためられたビジネスのパートナーシップだ。

アイアスのキスに心の防御壁が揺らいだのは確かだけれど、もうそんなことにはならない。主導権を握り、きちんと心の準備をすれば心配ない。

アイアスにだけでなく、自分にも利のある結婚にしてみせる。彼の計画なんて無視して、自分なりの計画を練ればいいのよ。アイアスはいやがって離婚を選ぶかもしれないけれど。

でも、もし彼がいいと言えば……。

「結婚を続けるのなら、ちゃんとした結婚にしたいわ。ほかの女性のところへは行かずに、毎晩一緒に眠ってほしい。私生活でもビジネスでも支えてほしいの。中途半端はいや」

「当然だな。さっきも言ったが、ぼくはずっと子供がほしいと思っていた。きみはどう思う？」

リアも、いつかは母親になりたいと漠然と思っていた。「わたしもほしいわ」深く考えないようにして答える。

「妻とベッドをともにするのは当然だ。ほかの女性を相手に欲望を解消する意味はない」

「そう聞いてほっとしたわ」手放しで喜べる答えではなかったが、リアはそう答えた。「健康的で健全な生活を送るうえでも、マスコミ対策のうえでも、そのほうがいいもの」

「だが最初に言ったとおり、少し待ったほうがいい。あわてて事を進めて、これ以上事態が複雑になるリスクを冒したくないんだ。表向きは仲睦まじい新婚夫婦としてあちこち出かけることになるだろうが、実際には世間の騒ぎがおさまってからふたりの関係をゆっくりと深めていきたい。クリストフィデスにつけ入られる隙をつくりたくないからね。追いつめられたやつが、きみを誘惑したら困る」

「わたしを誘惑？」

「ぼくの目標の達成にレイチェルが必要なくなったと知ったら、きみに手を出すかもしれない」

彼は勝手にわかったつもりになっている。「知ったふうなことを言わないで！　わたしが何を望んでいるのか、あなたはちっともわかっていないわ。セックスなんて平気よ。何も考えずに結婚に同意したわけじゃないもの。全部わかったうえで決めたのよ」

「リア、きみは若くて純真だ。そこにつけこみたくない。それに、ぼくにも時間が必要なんだ」

リアは反論した。「時間なんか必要ないわ。今、このテーブルの上でだってかまわない。好きなだけ姉を思えばいいわ。あなたが何を考えていても気にしない。わたしは自分がほしいものくらいわかっている。あなたよ」

静かな部屋に言葉が響いた。アイアスがほしいとはっきり言葉にしたことで、リアはかえって強くなった気がした。心を守る鎧(よろい)をとり戻した気がする。

「ぼくとしては、きみをほしいと思えないのが問題なんだ」彼がうなるように言った。「ぼくにとって、「レイチェルのピンチヒッターにすぎないわたしが、突然もてなくなるというわけね」

「それが現実というものさ、リア。きみを侮辱するつもりで言ったんじゃない。それに、待つのは、きみに慣れる時間をあげるためでもあるんだ」

「慣れるって、何に？」

「きみは義理の妹になるはずだったのに、突然、妻になった。そんな急激な変化に心がついていけるとは思えない。きみはせっぱつまった状況下でさまざまな利点を考慮して結婚を決めたが、利点があることと夫婦としてうまくいくことは別だ。だから、きみには心を順応させる時間が必要なんだ」

リアは目をしばたたいた。アイアスの言うことが理解できない。「わたしには時間が……必要？」

「そうだ」

見くびられたような気がして、彼女のプライドはずたずたに傷ついた。わたしが何を望んでいるか、きみは昔の少女のままなんだ。女性としてなんか見られない」

心の鎧をとり戻したおかげか、アイアスの言葉を聞いてもリアはそれほどこたえなかった。彼は傷ついているだけで、わたしを嫌っているわけではない。

「わたしはもう二十三歳よ」

アイアスはひどく疲れて見えた。「ぼくはまだ……新しい計画に順応できないんだ」

ひどいことを言われても、リアは彼に腹をたてられなかった。「あなたにとっては計画こそがすべてなのにね」

「そうだ、リア。きみは計画なしで、どうやって人生の進むべき方向を決めているんだ？」

「心が望む方向に行くのよ。情熱にしたがうの」

「情熱」アイアスが吐き捨てるように言う。「人生で、情熱ほど人を破滅に導くものはない」

「あなたは情熱を感じないの？」

「そんなものは否定する」

「レイチェルに対しても感じなかった？」

「どんなものにも、誰に対しても感じない」彼が淡々と答える。

「レイチェルを愛しているんだと思っていたのに」

「それが情熱となんの関係があるんだ？」

「愛は情熱よ」

「そこがきみの間違っているところだ。情熱は自分だけにかかわる感情、自分が気持ちよくなりたいと願う気持ちなんだよ。追求すれば破滅につながる」

そう言うと、アイアスは部屋を出ていった。

その瞬間、リアは幻想を打ち砕かれ、冷たい現実を突きつけられた。ずっとよく知っていると思っていた男性は、見知らぬ人間も同然だった。

4

アイアスは計画を練り直さなければならなかったが、思ったほどの修正は必要なさそうだった。ホルト社を継いだことには変わりないし、妻も得た。望んでいた女性ではないが、彼女だってあとを継ぐ子供を授けてくれる。

レイチェルへの感情は……計画に不可欠なものではなかった。愛はすばらしいものだが、それがなくても計画の達成に支障はない。

ベッドをともにすることについては、常にレイチェルを相手として思い描いてきた。それを急にリアに対して欲望を感じろと言われても難しい。十歳年下のリアは、心のやさしい女の子だった。少なくとも、なんでも打ち明けてくれた少女のころはそうだった。当時、彼女とだけは深く心が通じあっていた。だがリアに欲望を抱けるかというと、もう少し時間がいる。彼女をセックスの相手として見るのに慣れるまでには。

ある意味セックスは、食べたり飲んだりするのと同じで、人間の持つ基本的な欲求のひとつだ。だが、ぼくはセックスをよくないものと見なし、長いあいだ禁欲してきた。酒も飲まない。自制心を何より大切にしているから、それを少しでも脅かすようなものは排除してきたのだ。だからこそ、結婚してセックスをするのを心待ちにしていた。

そう気づいて、アイアスは笑いそうになった。自分はどんな欲望も超越していると思いたかったが、そうではない。ただ自制心が並みはずれて強いだけだ。深夜まで働くのは欲望をまぎらすためで、欲望がないからではない。

新しい計画では、リアが妻だ。

彼は心のなかで何度も繰り返した。その事実に慣れ、自分の思い描く理想の未来にどうにかして彼女をあてはめるために。

今夜は、ぼくが支援している慈善事業の資金集めのパーティがある。プライベートなことは後回しにして、世間に幸せな新婚カップルの姿を見せなければならない。

アイアスは気持ちを切り替えた。そういえば、今朝言いあいをしてからリアと顔を合わせていない。

彼女は書斎にいた。髪を頭の上でまとめ、Tシャツとヨガパンツを身につけている。彼女はノートパソコンを膝の上に置き、口にペンをくわえていた。〈リアズ・ロリーズ〉のロゴがついたキャンディの袋を四つ前に置き、ものすごい勢いでパソコンに何か打ちこんでいる。

「荷物が届いたようだね」

リアが手をとめ、目を丸くしてアイアスを見あげた。背筋をのばし、ペンを口からとる。「そうなの。それで、片づけなくちゃならないことができて」

「何か緊急事態でも？」

「ええ。どうやら配送中にハイヒール形のキャンディが一部変形したみたい。出荷前の製品をランダムに抜き取り検査したときは、問題なかったのに。製造をホルト社に発注しているから、気が重いわ。縁故取り引きじゃなく、お金を払った、ちゃんとした、取り引きなんだけど」

「じゃあきみの店にとって、ホルト社は株主であると同時に、取り引き先でもあるわけか」

「そのとおりよ」

「だが結婚してぼくと共同でホルト社を継いだことで、〈リアズ・ロリーズ〉の株のきみの持ち分は増えたはずだ」

「結婚の利点ね。数少ない」

「今はそう感じるのも無理はないが、よく考えればきみはずいぶん得をしているんだよ。だって、店を持つのはきみの夢だったじゃないか。いつも店のアイディアを語っていただろう。今や、〝リア・ピンク〟という名前の色まであるそうじゃないか」

リアが眉間にしわを寄せ、首をかしげた。「どうしてあなたがそんなことを知っているの？」

「きみに関するニュースはチェックしていたからね」インターネット上でリアの名前が入った見出しを見つけたらクリックしたし、ときには彼女がどうしているか気になって自分から検索もした。レイチェルの妹に対する、当然の関心だった。

「そう」リアはノートパソコンに目を落とし、ふたたびアイアスを見あげた。「ごめんなさい。何か用かしら？」

「伝えるのを忘れていたが、レイチェルと出席する予定だった慈善パーティが今夜あるんだ。きっとマスコミがぼくたちを待ち受けている」

「つまり……行かなくてはならないの？」

「そうだ。いろいろ憶測されたくないからね。世間にも、クリストフィデスにも」

リアは額に手をあてた。「やっかいね」

「ああ。ドレスはあるかい？」

「何枚かあるわ。着る予定のないドレスを買いこむ悪い癖があるのよ。趣味と言っていいくらい」

「今夜はその趣味が役にたつな」

「そうね」

アイアスはリアを見た。今の彼女は昔と違って、きらきら輝く目でぼくを見ていない。目の前にいるのは、もっと落ち着いた女性だ。丸かった顔はほっそりして、目鼻だちがはっきりした。それに少し疲れて見える。前はエネルギーの塊のようだったのに。

「六時までに支度をすませてほしい」

「わかったわ」リアは目をあげずにこたえた。

「隙あらばぼくの寝首をかきたがっていることは、慎重に隠すんだよ」

「保証はできないわ」彼女が鋭い声で言う。

「ぼくたちは新婚のはずなんだから」

「実際、新婚よ。結婚は難しいものだわ。特に最初の十二時間は」リアはキーボードを打ち続けている。

「そのようだな。でも、本物らしく見せなくては」

「だから本物なの。結婚許可証にサインして誓いの言葉を述べたんだから、本物の結婚なのよ」

「ぼくの言いたいことはわかっているだろう？」

「愛しあっていると思わせたいのよね。ベッドでたっぷり楽しんで、とろんとした目であなたを見あげる、幸せいっぱいの花嫁を演じてほしいんでしょう？　いいわ」

アイアスは喉がつまり、顔が熱くなった。「きみは普段、こんなしゃべり方をしないのに」

「どうしてあなたにわかるの？　最後にちゃんと話したのは六年前よ。わたしはあなたがあんなひどいことを言えるような男性だと今朝初めて知ったし、あなたはわたしがもう子供じゃないとわかったはず。わたしたちはお互いを知り直しているところなの。それで、わたしについて何かわかった？」

「きみは怒って癇癪（かんしゃく）を起こしているんだと思う」

リアは彼をにらんだ。「癇癪は子供が起こすものよ。わたしは大人の女だから、不機嫌になるの」

「じゃあ、きみは不機嫌なのか？　ぼくは女性の機嫌をとるのは苦手だ」

「どうして？」

「女性と暮らすのは初めてだからさ。今までは、女性が怒っているあいだは会わないようにすれば、それですんだ」

「なんて人なの！　いつもにこにこしている天使のような女性しか受け入れないなんて」

「そういうことじゃない。ぼくはただいつも事態をよく見きわめて、前もって危機を回避するようにしているだけさ」

「そう」リアはまた目を落とした。「とにかく、今夜が大事なのはわかったわ。わたしだっていろいろ勘ぐられたくないし。〝身代わりの花嫁〟という称号を返上するには、わたしたちが道ならぬ狂おしい恋におちたと思わせなくてはね」

「新しい計画では、そう思ってもらう予定だ」

「新しい計画？」

「いろいろ考えたんだ」

「わたしたち、レイチェルを裏切ったと思われるわね」

「そうだろうか？」

「式の二時間前に花嫁が変わったのよ。花嫁か花婿のどちらかが裏切ったとしか考えられないわ」

「裏切りという要素は入れたくない。ぼくはレイチェルと便宜上の結婚をする予定だったが、きみと愛しあっていることに気づいたというのはどうだ？」

リアは、心臓にゆっくりとナイフを刺しこまれたような気がした。なぜこんなに傷つくのかわからない。今までは何を言われても受け流してきたのに。

それは、アイアスとは関係のない問題だった。昔からずっと、レイチェルと比べられるのがいやでたまらなかった。過去にデートをした男性はみな、レイチェルがそばに来ると目を奪われた。そしてアイアスも……レイチェルを選んだ。

両親はふたりを同じように愛してくれたけれど、ほかの人たちは例外なくレイチェルに魅了された。優雅で美しく、落ち着きのあるレイチェルに。

それに引き替え、わたしは昔から不格好で、人を惹（ひ）きつける要素などどこにもなかった。パーティにはほとんど誘われなかったし、魅力的な男の子に声をかけられることもなかった。いつだって、さえないおまけのような存在だった。どんなに分厚い鎧（よろい）

で心を覆っても、そう思い知るたびにつらかった。

「みんながそんな話を信じると思う？」

「なぜ信じない？」アイアスが肩をすくめた。

「レイチェルが違う話をするかもしれないわ」

「ぼくが心配なのはクリストフィデスだね。レイチェルはあいつにどんな話をしたんだろう？　あいつが彼女に何かしゃべらせるかもしれない」

「そうね。彼のことを忘れていたわ」

「きみかぼくが直接きいてみたほうがいいだろうな」

「わたしがきくわ」アイアスがレイチェルに電話をするのはいやだ。リアはノートパソコンを閉じて脇に抱え、立ちあがった。「それから出かける支度をするわね」

「わかった」

「じゃあ、あとで」

アイアスの目に奇妙な表情が浮かんだ。「レイチェルに……よろしく伝えてくれ」

リアはなぜか悲しみがこみあげ、ノートパソコンをぎゅっと抱えてやりすごした。「そうするわ」

リアは部屋のドアを閉め、ベッド脇のテーブルから携帯電話をとった。姉が昨日送ってきたメールを表示して、返信をクリックする。

〈大丈夫？〉

携帯電話を持ったまま歩き回っていると、着信音が鳴った。びくっとして画面を見る。

〈わたしは大丈夫。あなたはどう？〉

〈平気だと思う〉リアは鋭く息を吸い、続けて打ちこんだ。〈実は、アイアスはわたしと結婚したの〉

おじけづきそうになりながら送信ボタンを押す。

待つ間もなく、姉から返信が来た。

〈びっくり。今インターネットで見たわ〉

しばらく待っても続きがなかったので、リアのほ

うから質問した。〈姉さんは幸せなの？　アイアスのことは愛していなかったってこと？〉

着信音が鳴る。

〈結婚したいと思うような意味では〉

〈アレックス・クリストフィデスを愛しているの？〉

今度は返事がくるまで少し間が空いた。

〈彼のそばにいなくちゃならないの〉

愛しているとも幸せだとも言っていない。リアの心は重くなった。〈本当に大丈夫？〉

〈あなたが思っているより強いのよ〉

〈今回のことをもし人にきかれたら……〉リアはどう続けようか迷った。〈姉さんとアイアスは会社のために結婚する予定だったと言って。でも彼が妹のわたしと恋におちたから、姉さんは身を引いたってことにしてほしいの〉

〈どうして？〉

リアはいらいらしてため息をついた。〈アイアスのプライドのためよ〉

〈彼にごめんなさいと伝えて。マスコミや知りあいにきかれたら、あなたに言われたとおり答えるわ〉

〈彼に伝えておくわ。そうそう、彼がよろしく伝えてくれって言っていたわよ〉リアはあとの一文を消去したい気持ちに駆られたが、それに屈する前に送信ボタンを押した。

〈ありがとう。いつ戻れるかはわからないの。ここでやらなくてはならないことがあるから。愛しているわ〉

リアはため息をついた。〈わたしもよ〉

リアは携帯電話をベッドの上にほうった。姉がアイアスに挨拶を返さなかったことが、なぜか気にさわった。彼に対して守りたい気持ちと怒りの両方がこみあげると同時に、自分にも腹がたつ。まったく、なぜこんなことになってしまったのだろう？

でも、くよくよ考えている暇はない。今は自分の感情は二の次だ。リアは大きく息を吸いこみ、決然とした足どりでクローゼットへ向かった。

そう、すねている暇なんかない。さっさとドレスを選んで、息をのむほど魅力的にならなければ。そして仮面をしっかりとつける。どう話をつくろうと、わたしはやっぱり〝身代わりの花嫁〟なのだから。

マスコミは昔と同じように、この結婚についても姉とわたしを比較するだろう。ただし今回比べられるのは、ドレスの着こなしではなく、アイアスの妻としてどちらがふさわしいかだ。

こうなったらとにかく、最高にセクシーな〝身代わりの花嫁〟になろう。フラッシュを浴びても、姉と比べられても、動じてはならない。なんとか持ちこたえられるよう、リアは祈った。

5

その夜、支度をすませて二階からおりてきたリアは、昼間書斎にいたときとはまるで別人だった。

マホガニー色のくせ毛はゆるやかに波打つように整えられ、ウィスキー色の目には柔らかな光をたたえている。そしてワンショルダーの黒いギリシア風ドレスは、露出度は高くないものの体の線があらわになっていた。

チェリーレッドの口紅がアクセントとなって、黒のドレスを引きたてている。アイアスの注文どおり、どこから見ても夫への愛に輝く新妻だ。

しかしリアが別人のように見えるのは、顎をあげ、冷ややかな表情を浮かべているせいでもあった。昔はきらきら輝く目でぼくを見てくれたのに。あんなふうにまっすぐ愛情を向けてくれたのは、彼女だけだった。純粋な愛情のしるしとして、机の上にそっとキャンディを置いていってくれるような女性は、ほかにいなかった。

　そんな愛情の価値に、ぼくは失うまで気づかなかった。

「きれいだ」本当にそう思った。今までは、十歳年下のリアを女性として見てはいけないと思っていたけれど。

　それにぼくは、レイチェルだけを見つめてきた。外見も性格もまるで違う、リアの姉を。

　しかし、リアの変化を手放しで喜ぶことはできなかった。今の彼女には、どこか冷たい雰囲気が漂っている。

　ところがリアが微笑むと、雰囲気が一変した。赤い唇がほころび、白い歯がのぞく。

「さあ、行きましょう」リアが手をさしだした。

　アイアスはその手をとって彼女を引き寄せ、玄関の外にとめてある車へ向かった。

　ところが途中でリアが体を寄せてきたため、アイアスはまともに彼女の胸をのぞきこんでしまった。目が釘づけになり、体がかっと熱くなる。もう何年も避けてきた感覚だった。

　昔は、いつでも相手をしてくれる女性たちに囲まれていた。誰ひとりぼくを拒否しなかった。あのときまでは……。

　彼は呼吸をとめていたことに気づき、息を吐いた。リアの体を想像したらだめだ。

　歯を嚙みしめて体を離し、助手席のドアを開けて彼女を乗せる。それから運転席に回った。

　車中のふたりは、結婚して何年もたつ夫婦のようだった。黙ったままリアは携帯電話をいじり、アイアスは運転に没頭した。

車は彼にとって数少ない道楽のひとつで、何台も所有してそれぞれの違いを楽しんでいた。運転しているときだけは心を空っぽにできた。

ホテルに着くころには、彼はかなり楽観的になっていた。ふたりで協力すれば、きっとうまくいく。

ところが、そう思えたのも車をおりるまでだった。アイアスが助手席側に回ると、いっせいにフラッシュがたかれた。車から出るリアの目に緊張が走る。だが彼女は、なんとか笑顔をつくってみせた。

「準備はいい、愛するだんなさま?」体をこわばらせ、鋼のようにかたい声できく。

「ああ、愛する人(アガペ)」アイアスはリアのウエストに腕を回して引き寄せた。昨日、彼女を両腕に抱いてキスをしたときは、早く結婚式の会場から抜けだしたい一心だった。だからリアの体を意識せず、その柔らかさに気づかなかった。

ところが今は、それしか考えられない。リアはいつもぼくの自制心を脅かす。

いろいろなことが容易に回るようにするための結婚だったはずなのに、なぜか事態は複雑になるばかりだ。目標に向かって前進するどころか、地獄のような過去へと引き戻されている気がする。

アイアスは一瞬目を閉じて、カメラのフラッシュと昔の記憶を締めだした。そしてリアとともに階段をあがり、ホテルに入った。仲のよさをアピールするために、カメラではなく彼女に笑顔を向け続ける。

欲望も、体を駆けめぐる熱も抑えてみせる。アイアスはリアのウエストに置いた手をそっと動かした。これまで社交行事にレイチェルと出かけたときも、同じように彼女のウエストに手を添えていた。でもふたりの感触はまるで違う。リアはヒップが豊かに張りウエストが深くくびれているが、レイチェルはスリムで凹凸が少なかった。違いに興味をそそられ、彼は手を少し下へ滑らせてみた。

「これは必要なの？」リアが声をつまらせた。

「なんのことだ？」

「こんなふうにさわることよ」

「きみは妻だ。それに昨日、毎晩一緒に眠ってほしいと言っていたじゃないか。それなら服の上からちょっとさわられるくらい、なんでもないだろう？」

「表向きは仲睦（なかむつ）まじく見せるとしても、実際の関係はゆっくり深めていくんじゃなかったの？」

「こうするのはみんなに見せつけるためさ」

「てっきりあなたは、こうやって触れるのを楽しんでいるのかと思ったわ」

「動揺したのかい？」正直に言って、リアの外見がまったく変わってしまったことにアイアス自身が動揺していた。リアは、ぼくが思い描く彼女のイメージのなかにおとなしくおさまっていてくれない。それが気に入らなかった。

ふたりは両開きのドアを抜けて、舞踏室手前のきらびやかな控えの間に入った。白い大理石の床に白い柱が立ち並んでいるさまは、古代のギリシア神殿のようだ。

「どうかしら。自分でもよくわからないわ」

「いつでもぼくとベッドへ行けると言ったくせに、これくらいで動揺するのか？」

「そのことを持ちだすのはやめて。今は私生活と関係のない公的活動の最中なんだから」リアは通りかかったカメラマンに笑顔を向けた。

「ほら、きみは平静でいられないじゃないか。ふたりの関係を進展させれば、どうしたって表向きの顔にも影響が出る。だから今はぼくたちの関係を変えず、表向きのイメージづくりに専念しようと言っているんだ」

「賛成できないわ。だって今の関係は、あまりにもよそよそしいもの」

「実際、他人だからな」

リアが体をこわばらせる。「あなたにとってわたしはそんな存在なのね。たしかに、あなたの家には入ったこともなかったけど。あなたはわたしの家にいつも来ていたのに」

「きみのお父さんの家だ」

「ニューヨークのペントハウスはわたしの家よ。クリスマスパーティに来たでしょう？」

「二、三回行ったかな」

「そうよ。それなのに、わたしはあなたの家に昨日初めて入った。だからあなたの言うように、わたしたちは他人同士なのかもしれない。そうじゃないと思っていたのはわたしだけ。わたしたちのあいだには、少なくともお互いに対する敬意があると思っていたのに」リアはウエイターからシャンパンのグラスを受けとり、なかばやけになって口をつけた。

やがてふたり連れのビジネスマンがリアたちを呼びとめ、ホルト社のトップの交代についてしゃべり始めた。

いつものリアだったら会話に加わっていただろう。ビジネスに興味があったし、ホルト社に関してならなおさらだ。でも今は、シャンパンをすすりながら相槌を打つのがせいいっぱいだった。飲みすぎれば自制心が危うくなるとわかっていたが、アルコールの助けなしには今夜をのりきれそうにない。

まわりに対して防御をかため、強くて洗練されているふりをすることには慣れているはずだった。それなのにアイアスといると、とたんに自制心にひびが入る。望んでもいない昔の感情がよみがえる。

〝毎晩一緒に眠ってほしい〟〝わたしは自分がほしいものくらいわかっている。あなたよ〟

彼にそう言ってしまった。

リアは笑顔を崩さなかったが、心は乱れていた。今こんなことを考えるのはやめなければ。

彼女は大きく息を吸いこんだ。大丈夫。切り抜けられる。これまでずっと、自分の価値を証明しようと努力してきた。美しさでは姉に劣っても、自分なりの才能と魅力があるし、ビジネスの世界でも成功している。

そうできたのは、無防備に胸のうちをさらしてはならないと悟り、自分を変え、心を守ることを学んだからだ。だから、その姿勢を崩してはならない。

でも、アイアスはほしい。彼とベッドをともにしたい。結婚してそれが可能になったのだから、素直に楽しめばいいのだ。

これは、彼を愛しているということではない。結婚式の前日から、なぜかずっと胸が痛いのとは関係ない。

でもアイアスの言うとおり、待ったほうがいいのかもしれない。初めての体験への不安を静めるために。報われない恋に身を焦がした十代のころのように、無防備な自分をさらしてしまわないように。

今度は与えるだけでなく、ほしいものは手に入れよう。

ふたり組のビジネスマンがようやく離れていくと、リアはアイアスに言った。「次はどうする？　別の人たちとおしゃべりをする？　カメラに向かって笑顔をつくる？　それとも、ダンスをする？」ダンスフロアを示す。

「ぼくはダンスはしない」彼が肩をいからせた。

リアは胸が痛んだ。タキシード姿のアイアスは非の打ちどころがないほどすてきなのに、その奥には暗い感情が隠れている。まるで彼のなかで何かが凍りついているみたい。あたためて、とかしてあげたいけれど……。

「踊るべきよ」リアは反抗するように言った。自分に腹がたった。アイアスの力強い体を見ていると、平静でいられない。昔の愚かな自分に戻ってしまう。

「踊らないと言っただろう」

「でもわたしは踊りたいわ。披露宴のダンスもとりあげられたんですもの。早くふたりになりたいからって」彼女は眉をつりあげた。「花嫁が花婿と踊る最初のダンスを、まさか拒否しないわよね？」

なぜかアイアスに譲歩させたかった。彼が自分だけが被害者のような顔をしているからかもしれない。わたしなら大勢の前で拒否されても平気だろうと思っているからかもしれない。リアはアイアスの胸に手をあてた。

氷のような感触ではない。それどころか、火のように熱かった。彼は簡単にわたしをとかしてしまう。「わたしと踊って」リアはアイアスを見つめながらささやいた。

アイアスが彼女の手首をつかんだ。そしてリアの手を持ちあげ、手首の内側の感じやすい部分にキスをする。

リアの全身に震えが走り、心臓が早鐘を打ち始めた。慣れない感覚に胃がぎゅっと縮こまる。すべての意識が彼の唇が触れた場所に集中し、ただただ圧倒された。

「きみを腕に抱くのは、ふたりきりのときがいい」アイアスがかすれた声でささやくように言う。まわりの人々に向けて演技をしているのだと、リアにはわかった。「きみを腕に抱けば、それ以上のことをしたくなる」

リアは息苦しさを覚えた。「わかったわ」ようやくかすれた声が出る。「だけど待たせるからには、それだけの価値があるものにしてね」

「わかっているよ。守れない約束はしない」

そのあとふたりは、雑談をしたりシャンパンを飲んだり軽く触れあったりして過ごしたが、彼女の自制心は少しずつすり減っていった。

車で帰途につくころには、リアは身も心も疲れきっていた。こんなことでこの先やっていけるのだろうか？　結婚してまだ二日しかたっていないのに、十歳も年をとったような気がする。

　必死で心を防御し続けたからだわ。いつもは難なくできるのに、アイアスといると何倍も力がいる。

　リアは目を閉じて、頭をシートにもたせかけた。屋敷に着くとふたりは体を触れあわせることもなくなかへ入ったが、彼女は頭を空っぽにして、何も考えないようにした。

　家のなかが暗いのは、夜は使用人を帰らせているからだとリアは気づいた。アイアスは孤独を求めているのかもしれない。そんな彼が結婚を望んだのは奇妙だけれど、きっとレイチェルを愛していたからだろう。

　だからわたしは六年前、アイアスへの愛を捨てると誓ったのだ。

　今は感情について考えたくない。理性でコントロールできないもののことは。

　だがアイアスを見ていると、ひと晩じゅう体のなかでくすぶっていた熱がふたたび息を吹き返した。怒りがいっそうその勢いを強める。

　玄関ホールを抜けて階段をあがるところでリアは足をとめた。

「アイアス」

　アイアスが振り向くと、彼のこと以外何も考えられなくなった。なんとか自分の力でアイアスから反応を引きだしたい。今、自分が欲望を覚えているように、彼にもわたしを求めさせたい。冷静な顔をした彼を揺さぶりたい。

　リアはアイアスの肩を両手で壁に押しつけ、爪先立ちになってキスをした。

　アイアスは一瞬身をこわばらせていたが、すぐに荒々しくうめくと、両手をリアの腰に回した。

　いつもは自制心の塊のような彼が、昨日から何度も動揺させられていた。花嫁に逃げられ、その妹が代わりに花嫁となり、そして今、突然、彼女にキスをされた。

全身全霊のこもったキスだった。ドラッグや欲望に導かれたものとはまるで違う、情熱そのもののようなキス。アイアスの頭は、リアの唇の熱さと胸の柔らかさでいっぱいになった。

リアを抱き寄せ、彼女の体じゅうに手を這わせる。それから、片手をリアの豊かな髪にさし入れた。

こんなキスは初めてだ。

セックスは単なる堕落した行為にもなり得る。そういう行為には、二度と手を出さないつもりだった。だがリアのキスは、ウィスキーのように、拒み通してきたコカインのように、ぼくを誘惑する。

これまでぼくの前には、ありとあらゆる罪深い快楽がさしだされてきた。手を出して溺れた時期もある。だがあるとき、それらに背を向ける道を選んだ。高潔だからではない。どこまでも溺れてしまいそうな弱さが自分にはあると知っていたからだ。

だからきっぱりと拒絶した。少しでも手を出せば、地獄へと続く長く暗い道をたどることになるとわかっていたから。生まれたときに歩み始めたそんな道から、全力で離れたのだ。

だがリアのせいで自制心が揺らいでしまった。

リアが口を開いて、深くキスをする。アイアスは彼女の唇をやさしくもてあそんだ。今はそうするのが正しい気がした。

リアの口から悦びの声が小さくもれる。アイアスはその声にさらに駆りたてられ、甘く魅惑的な彼女の味で自分を満たそうと夢中になった。

さっと体を入れ替え、リアを壁に押しつける。そして両手をリアの髪にさし入れ、動けないようにすると、彼女の手が彼の全身をさまよい始めた。

アイアスはもはや冷静ではいられなかった。キスに溺れ、のみこまれそうになり、体を震わせていた。

「アイアス」リアの息が頬にかかる。

リア。会社を守るために結婚しただけの女性に、ぼくはこんなにも駆りたてられている。

守りを弱められてしまった。

たしかに彼女はぼくの妻だ。いずれ親密な関係を持つことになる。でもそれは、ちゃんと自制心を保ったうえでのことだ。ドラッグ依存症の男がドラッグを求めて震えているような状態のときではなく。

アイアスは体を引いてリアを見た。キスで唇が赤く腫れている。ああ、親指で、舌先で、唇をたどりたい。もう一度キスしたい。

だが彼は手をおろし、震えないよう握りしめた。

「今晩はこれくらいでいいだろう」

「そうなの？　ここから始めるんじゃないの？」

その言葉にしたがえばいい。リアを抱きあげて階段をのぼり、自分の部屋のベッドに投げだすのだ。ふたりの体は同じことを求めているのだから。


こんなはずではなかった。われを忘れて追いつめられたように感じ、自制心を失いそうになるはずではなかった。

レイチェルとベッドをともにする心の準備はできていた。だが彼女に対しては、自分を保てなくなりそうな不安はいっさい感じなかった。

アイアスは、愛しているはずの女性の姿を思い浮かべようとしたが、うまくいかなかった。彼女と睦みあう場面を想像しようとしたが、一度もそんな想像に胸を焦がしたことはないと気づいた。レイチェルとベッドをともにするのは、計画のなかのひとつの行動にすぎなかった。

計画どおり進めるために必要な行為というだけだった。夢想などするはずもない。

疲れきるまでジムで体を動かしても、いつもなかなか寝つけなかったし、欲望も消えなかった。自分で欲望を処理するときも、特定の女性を思い浮かべることはなかった。思いだしたくない過去をうっかり呼び起こしてしまうのが怖かったからだ。

　そんなときは、柔らかく熱い息づかいだけを思い浮かべた。今夜リアがたてているような音を。

　だめだ。これ以上続けて、欲望に支配されてはならない。

「ぼくの準備ができたらきみに知らせるよ、リア。そのときは、絶対に途中でやめたりしない」

　抑制を解き、荒れ狂う感情に身を任せたら、途中でやめられなくなるとわかっていた。

　記憶がフラッシュバックする。体を撫(な)で回す女性たちの手。物慣れたキス。そして、ベッドの隅で怪物に追われているように叫んでいる少女。

　今すぐやめて、自制心をとり戻さなければ。

　それができなかったら、記憶にのみこまれて抜けだせなくなってしまうだろう。

6

　翌朝、アイアスはありとあらゆる言葉でマスコミをののしった。リアから離れて落ち着く時間がほしいのに、そうもいかなくなった。彼女をひとり置いていったら、なんと書かれるかわからない。ニューヨークにあるホルト社の本社へは、リアも連れていくしかない。

　それに本社の従業員たちも、ぼくが創業者の娘である新妻を伴わずに現れたら変に思うだろう。まったく、困った立場に追いこまれてしまった。

　憤然として書斎に入ると、リアがノートパソコンを前に、脚を折って座っていた。口には赤いキャンディをくわえている。

キャンディ、赤、唇。

キス。

いっきにゆうべの記憶がよみがえり、アイアスはまたひとしきり心のなかで悪態をついた。

「ニューヨークへ行かなくてはならない」思っていたよりきつい口調になる。

リアは眉をつりあげ、キャンディをなめながら考えこんだ。「わたしも？」

「ああ。きみの会社の品質管理以外にもいろいろ問題があるのさ。会社を引き継ぐというのは簡単じゃない。ニューヨークへ行って早く問題の根本を探りださないと、会社がつぶれる事態になりかねない」

「大げさに言っているんでしょう？」

「少しは。だが、ぼくが会社を継いだせいで経営が悪化したなんてことになったらいやだからな。そうなったら、クリストフィデスが喜ぶだけだ」

「そうね」

「だから今すぐニューヨークへ行く。きみと一緒に」

「一緒に行かなければ妙に思われるでしょうね」

「結婚式をすっぽかすのと同じくらいね。ぼくは女性に嫌われるしか能のないまぬけに見えるだろう」

リアは笑った。「誰もあなたのことをまぬけだなんて思わないわよ。ときどきすごく偉そうな態度をとるけど」

「偉そう？」

「それに、あなたのやり方に合わせるのはちょっと大変だわ」

「そうかな」

「自覚がないなんて、現実がわかっていないのね」

「ぼくは自分の思うとおりに物事を進めるのが好きなんだ。自分のたてた計画どおりにね」

リアが立ちあがってのびをすると、豊かな胸がTシャツを押しあげた。アイアスは思わず目を吸い寄せられ、そこが体に押しつけられたときのことを思いだした。とても柔らかく、女性らしい感触だった。

「計画どおりじゃないと不機嫌になるのよね」

「そうだ。でも言い訳をさせてもらうと、大人になってからは計画がうまくいかないことはほとんどないから、臨機応変に修正する必要がなかったんだ」

「あなたが怖くて、みんなあなたに逆らう勇気がないだけじゃないかしら」

「怖い？」その表現は気に入らなかった。忘れたい過去をよみがえらせる。

アイアスは、わざと人を怖がらせるような態度をとることはないが、自分が楽しい人間でないことも承知していた。だが、多くの人が楽しいと感じるようなものには、暗い側面がある。ぼくが昔かかわったような側面が。

金持ちの男がパーティで使うドラッグは非合法の組織を経由しているし、金を払えば簡単に手に入るセックスやポルノビデオには、生身の男女がかかわっているのだ。

ぼくはそうした男女の苦しみを見てきた。それどころか、苦しみをもたらす側の人間だった。実際、ぼくの育った屋敷は彼らの苦しみの対価として得た金で維持されていた。

子供だったぼくには、そのことがわからなかった。ひとりでほうっておかれたので、屋敷内を歩き回って勝手に飲み食いし、なんでも好きに使った。成長すると、女性たちにも手を出した。

しかしやがて、どんな楽しみにも代償があると知った。輝いて見えるものにも裏の面があると。

それに気づかないふりをして、無意味なことに夢中になる者たちもいる。彼らは、金さえ出せば、他人が魂を引き換えにしようと関係ないと思っているのだ。

だが、ぼくにはできない。つまらない堅物と思われても悪に加担するよりいい。そう思って、十六歳のときにそこから逃げだした。名前を変え、生まれた島を出たのだ。

「あなたは情がなさすぎるのよ」

「ぼくは論理的なだけだ。世の中には、頭ではなく感情で動く人間もいるが」

「頭で考えてすべてが解決できるわけじゃないわ。論理的に考えれば、キャンディは悪よ。体によくないもの。虫歯になるし」リアはまたキャンディをとり、口に入れて微笑(ほほえ)んだ。

ぼくに虫歯の危険を忘れさせて甘いものを食べさせられる人間はリアしかいない。そう悟って、アイアスはおののいた。「理性ではなく感情にしたがうなんて、どうかしている。体に悪くて、なんの役にもたたないとわかっているのに、好きだからというだけで甘いものを食べるとは」

「わたしは食べるだけじゃなくて売っているのよ。つくっているの」

「つまり、きみが人生を賭けた仕事は、人間にとってまったく必要のないものをつくって売ることなんだね」

「でも多くの人は甘いものが好きなのよ、アイアス。わたしは多くの人を幸せにしているの」

「そして虫歯を広めているんだ」

リアが笑った。アイアスは昔から彼女の笑い声を聞くのが好きだった。上品ぶったり澄ましたりせず、気持ちがそのまま表れているからだ。自分自身はいつも、感情をできるだけ抑えているが。

リアは感情につけこまれたことがなく、人生にひそむ恐ろしさを知らないから、そうできるのだろう。

リアは、そんなことは知らないままでいい。

奇妙なことに、リアを守りたいという気持ちが急にこみあげ、アイアスはよろめきそうになった。ぼく自身からも彼女を守らなければならない。

だが、それは不可能だ。リアは妻で、ぼくは夫。いつかは彼女に触れることになる。それに、一緒にニューヨークへ行かなければならない。

「いくらぼくが怖くても、一緒に行ってもらう」

リアが肩をすくめた。「いいわ。わたしにとっても好都合よ。持ち物はほとんどあっちにあるから。それに、店へも行けるし。大きな店にはなるべく顔を出したいと思っているの」

「じゃあ、どちらにとってもビジネスが目的だな」

彼女はうなずき、アイアスと目を合わせた。

「なんだ？」彼はきいた。

「なんだって何が？」

「何かすごく熱心に考えこんでいるみたいだから」

「ゆうべのことを考えていたの」リアはまたキャンディを口に入れた。

「ゆうべの何を？」

「もちろんキスよ。ほかに何があるの？」

昨夜のキスを思いだしただけで、アイアスの体はかっと熱くなった。感情のままに反応することは自分に禁じているはずなのに、なぜ熱くなるのだろう。

明らかにリアのせいだ。彼女はぼくに奇妙な影響を及ぼす。なぜかはわからない。レイチェルを愛しているはずなのに。ずっと自分を律して生きてきたのに。

「ゆうべのキスがどうした？」

「なぜぐずぐずと引きのばすの？　ふたりとも望んでいることは、ゆうべはっきりしたでしょう？」

「集中する時間ができるまではだめだ」アイアスはまた落ち着かない気持ちになった。結婚のもっともプライベートな面に目を向ける気にはまだなれない。

リアのせいだと彼は決めつけた。彼女がせかすからだ。会社やぼくのためとはいえ、リアのしたことは自分を売るような行為だ。どうしてもそれが気になる。彼女が本当はぼくのことなど求めていないとちらりとでも感じたら、自分も父の手下たちと同じだという思いに駆られるだろう。それがいやで逃げてきたというのに。

〝毎晩一緒に眠ってほしい〟〝わたしは自分がほしいものくらいわかっている。あなたよ〟

リアはそう言った。だが、結婚の誓いを交わした以上、彼女を守らなければならない。大切に面倒を見なければ、ただ利用するだけになってしまう。そんな男には絶対にならない。

「それはいつなの？」

「二週間後のハネムーンのときだ。もう計画はたててある。そこまで待てば会社の引き継ぎは一段落するし、きみは品質管理の問題も処理できるだろう。それに、マスコミにうまくいっていると印象づけられる」

それだけ時間があれば、ぼくは略奪者のような気分を味わわなくてすむ。夫の権利を無理やり行使したと感じずにすむ。それに、いくらリアが平気だと言っても、ベッドでほかの女性のことなど思い浮かべたくない。

もう一生分、人を利用した。このうえリアを娼婦のように扱うことはできない。彼女が見返りを得るとしても。

それに、レイチェルに思いを残しているあいだは、次の段階に進めない。

だが実際は、レイチェルを思い浮かべるのがどんどん難しくなっている。リアとのキスは頭に焼きついて、ほかに何も考えられなくなるくらいなのに。

だからもうレイチェルを言い訳にできないかもしれないという考えを、アイアスは脇に押しやった。

「二週間たったら本当の夫婦になるの？」

「邪魔の入らない、そのときが最適だろう」

「そうね。ところで、あなたが結婚生活に何を求めているのかわからないからきいておきたいんだけど、この先どういう結婚生活にしていくつもりなの？」

「本当の夫婦になれば、きみと同じベッドで寝る」彼の声は荒々しかった。「きみを守り、子供をつくる。きみが暗闇で手をのばせば、ぼくがいる」

これこそが、アイアスにとって真の結婚の誓いだった。口に出してみて初めて、心からの言葉だと彼は気づいた。

修正を余儀なくされたが、この道なら歩いていける。愛は必要ない。互いに正直で誠実で忠実であればいい。

愛がどんなものか、わからなくなってしまった。レイチェルはぼくの理想を象徴する存在で、いろいろな面で目標のようなものだった。そんな彼女に対する気持ちを愛と思うのは、簡単だった。けれど、今はそれに疑問を感じている。ぼくはレイチェルを理想化し、生身の女性として見ていない、とリアは非難した。たしかにそうなのかもしれない。

たぶん、ぼくは人を愛せないのだろう。ある意味、そう考えると安心できた。愛はとても強い感情で、理性ではコントロールできない。ぼくの手には余る。

「それで全部？」リアがきいた。

「ああ、これがぼくの考える結婚だ」

リアは目をそらし、いじっていたポニーテールの毛先から手を離した。ぱっと広がった巻き毛を見て、アイアスはゆうべ彼女の髪に指をさし入れたことを思いだした。唇を噛(か)んでいるリアを見て、昨日そこを自分が噛み、彼女が悦(よろこ)びの声をもらしたのを思いだした。

腹部の筋肉が引きつり、下腹部がかたくなる。体の反応をコントロールできないことに、アイアスは動揺した。リアを見つめながら体を熱いものが走り抜けていくのを感じている以外に何もできない。

「きみにすべてをあげよう」彼はゆっくりと言った。「きみはぼくのただひとりの妻だ。これから先も、それは変わらない。どういういきさつで結婚することになったかは関係ない」

「ありがとう、アイアス」リアが悲しい目でささやいた。

ああ、リアにもっと多くを与えてやりたい。でもどんなに彼女を癒し、安心させたくても、ぼくにはできない。心のガードをおろした瞬間、なかに閉じこめている暗闇があふれだしてしまうだろうから。


リアはいつも、ホルト社に来ると家に帰ったように感じる。しかし今日は、ガラスの回転ドアを抜け、見慣れた大理石のロビーに入っても、そんな気持ちにはならなかった。

前と同じようでいて、すべてが変わっていた。父が第二の故郷であるロドス島へ行って留守にしていること自体は珍しくないが、父の机がなくなったという事実は大きかった。

ホルト社は創業者のジョセフからアイアスへと受け継がれた。正確には、アイアスとリアへと。予想外の展開だったが、ホルト社の一員であることが自分にとってどんなに大切か、彼女は初めて実感した。

自分にも、将来生まれる子供たちにも、従業員たちにも、ホルト社は大きな意味を持っている。アイアスにいたっては、愛情と言えるほどの感情を抱いている。彼はきっと全力でこの会社を導き、自分のつくった会社と同じように繁栄させてくれるはずだ。夫としての技量は未知数だけれど。

でもアイアスがさっきささやいてくれた言葉からは、わたしを妻として大切に思っていることが伝わってきた。この先、彼との関係がよくなるかもしれないと希望を抱き、心のガードを少しさげてもいいと思えた。がんばってみてもいいのかもしれない。

時間が遅いので、ロビーを歩いていくふたり以外に人影はなかった。リアはふと昔を思いだした。こうしていつもアイアスについて回っていたものだ。心を守ることなど考えもせず、自分が人からどう見えるか気づいてもいなかった。たわいもないことをしゃべり、少しでも彼が注意を向けてくれたら大喜びした。

あのころはアイアスを友達だと思い、彼も自分に好意を持ってくれていると信じていた。でも今ならわかる。太った夢見がちな少女が洗練された年上の男性を追いかけ回し、自分の夢を一方的に話して聞かせていただけだと。

アイアスがわたしを邪険に扱うことは一度もなかったけれど。

リアはアイアスのあとからエレベーターに乗りこんだ。昔はよく想像したものだ。エレベーターで彼に抱き寄せられ、首筋や唇にキスされることを。

当時は、それ以上は想像できなかった。

でも今は、もっと先まで想像できる。アイアスはわたしを壁に押しつけ、少しずつスカートを持ちあげていく。やがて彼の手は、誰にも触れられたことのない場所へとのびて……。

「それで」リアは妄想を振り払おうと明るく言った。「オフィスに飾る絵はもう決めたの？」

「いや、まだだ」

「オフィスを自分の好みに飾りたいでしょう？」

「いや。ここで仕事はしない。責任者を置く」

「でも、あなたのオフィスもつくるのよね？」

「ああ。だが、ずっといるつもりはない」

「できるだけ無駄を省くというあなたの姿勢には、ときどきいらいらさせられるわ、アイアス。日常のこまごましたことにまるで興味がない人と雑談するのは本当に大変よ」

「きみの期待するような男でなくて、すまない」

「あなたは会話が苦手なのね。自分で気がついている？」

「誰とでも苦手なわけじゃない」

「わたしとだって昔は大丈夫だったわ。何が変わったの？」

アイアスは眉をつりあげた。「きみがしゃべらなくなった」

「そうかもしれないわ」こうして歩いていると、どうしても昔を思いだす。ああ、あのころが恋しくてたまらない。今は彼と一緒にいても孤独だ。

アイアスはわたしがいなくても平気どころか、一緒にいてほしくないようだ。しかたなくわたしの存在を受け入れている。そんな関係を変えてもっとふたりのあいだの絆（きずな）を強めたいのに、心をさらすのが怖くてリアは一歩が踏みだせなかった。

彼のために持ってきたキャンディも、バッグに入れたまま渡しかねている。

アイアスがジョセフの元オフィスのドアを開けた。壁の絵が消え、机のネームプレートもない。リアは喉に塊がこみあげてくるのを感じた。

「まあ、本当にあなたの部屋になったのね」

「ジョセフがさっさと片づけてしまったんだ」アイアスが部屋を見回して言った。

「アイアス……」リアは頬の内側を噛んだ。唐突だとわかっていたが、どうしても自分をとめられなかった。「姉とはベッドをともにしたの？」

アイアスは彼女をじっと見た。彼にしてはショックを受けている表情だ。眉をつりあげ、顔をしかめている。「なぜそんなことをきく？」

「好奇心かしら。レイチェルと自分を比べる必要はないと昔あなたは言ったけれど、この状況でそれは無理よ。だから、あなたもわたしたちを比べているのかどうか知りたいの。比較するだけの材料があなたにあるのかどうか確かめたい」そこでリアはひるんだ。彼がレイチェルとベッドをともにしていないとは思えない。ふたりは何年もつきあっていた。しかもアイアスは、信じられないほどセクシーな男性だ。わたしだったらきっと我慢できないだろう。二日で彼に襲いかかり、キスしてしまったのだから。

「そんなこと言ったかな?」

「レイチェルと自分を比べるなって? ええ、言ったわ。覚えていないの?」

アイアスに覚えている様子はなかった。その言葉をよりどころにして自分を変えてきたのに、なんてばかだったのかしら。彼のわたしに対する気持ちはその程度のものなのだ。

「とにかく……教えて」リアの声は、静かな部屋にうつろに響いた。

「レイチェルとはベッドをともにしていない」

「なんですって?」

「結婚するまで待つと、ふたりで決めたんだ」アイアスは気が進まない様子で答えた。おそらく答えたくないのだろう。

「意外だわ……」

「なぜ?」

「ほとんどの男性は、なるべく早く関係を持とうとするものでしょう。本当なの?」

「ああ」彼は軽く答えたが、その目は暗かった。

「ぼくはほかの男とは違う」表情を変えずに近づいてくるアイアスを見て、リアの心臓が跳ね、胃がねじれた。ああ、彼がキスしてくれたらいいのに。アイアスがじっと見つめたまま指先で彼女の顎をなぞる。「ぼくのほうがずっと悪い男だ」

彼が体を引くと、リアは息を吐いた。頭がくらくらする。トランス状態から突然覚めたような気分だ。

どうやらアイアスは、まじめに答えるつもりはないらしい。リアは彼とのあいだに壁を感じた。アイアスはほかの女性を思うことで、わたしを冷たく締めだしている。大声で叫びたい。〝なぜ夢見ていたあなたと違うの?〟と責めたい。

でも、そんなふうに怒るのは理不尽だ。

リアはバッグのなかにあるキャンディをつかむ。これはオリーブの枝――和解のしるしだ。

でも、今渡すのはやめておこう。

とにかく今は、自分の心を守らなければならない。ガードをおろして、傷つく危険は冒せない。

リアは彼に背を向けた。「わたしは自分のペントハウスに行って、荷物を送る手配をするわ」

「わかった。夜には戻ってくれ」

「なぜ?」

「体裁のためさ、愛する人(アガペ)。ほかに何があるというんだ?」

「もちろんそうよね」本当はもっときつく言い返したかった。アイアスが自分と過ごしたがるはずがないとわかっているのに心が痛む。けれど、アイアスにそれを悟られてはならない。「じゃあ、あとで。戻るときには、何か派手なパフォーマンスでもするわ。パパラッチに見逃されたくないもの。アピールしなくちゃ」

「必要なら、そうすればいい」

「わかったわ。行ってきます」

アイアスの心は重かった。リアは見るからに動揺していた。しかし、体がまだうずいているときに、彼女とセックスの話はしたくなかったのだ。

それに、レイチェルと一度もベッドをともにしたことがないと知られたくなかった。プライドのせいだろうか? 自分がそんなものにこだわるなんて知らなかった。よく考えて選択したことだから、後悔することはないが。

アイアスは机を見た。なんだか空っぽな感じがする。ジョセフ・ホルトがいないからだ。いつも導いてくれた師の存在が恋しかった。手本にしたいと思ったのは、ジョセフだけだ。

ジョセフはぼくの本当の父と違って、善良な男性だ。常に家族や従業員を気づかい、懸命に働くことに価値があると信じている。初めて会ったとき、その誠実な人柄に惹かれたものだ。けっして癒えない傷を心に負った少年には、なじみのないものだった。

ジョセフはぼくを受け入れ、ぼくがそれまで生きてきた生き方とは別の道があると教えてくれた。悪がはびこる地獄のような世界しか知らなかったぼくに、新しい世界を見せてくれた。

アイアスは椅子に座った。今では自分の机だ。ジョセフがそばにいなくても、彼が教えてくれたとおりの男になれることを心から願った。

突然、なぜ机がこれほど空っぽに感じられるのかわかった。昔の思い出がよみがえる。

リアがキャンディを置いていってくれなかったからだ。

7

ニューヨークでの日々は惨めなものだった。リアはできるかぎりアイアスを避けた。店へ行くか、工場でフレーバーをあれこれ試すかして時を過ごした。

最近は商品の開発にほとんどかかわっていなかったが、今はいい気晴らしになった。

しかし、その二週間もあと数分で終わる。終わったらハネムーン……ロマンスの時間だ。

ほとんど会話もない相手とロマンスだなんて変だけれど。

アイアスとは空港で待ちあわせた。忙しかったというのは言い訳で、彼と会うのを先のばしにしたかったのだ。

リアは空港のプライベートラウンジでアイアスを待っていた。足もとにはリボンをかけた包みがいくつも転がっている。普段の旅行でも余剰在庫を持っていくことはあるが、今回は形の崩れたハイヒール形のキャンディをたくさん持ち帰るはめになった。

ハネムーンが悲惨だったら、やけ食いで気をまぎらせよう。アイアスがどんな態度に出てもいいように、リアは心の準備をしていた。

そのときラウンジのドアが開いて、アイアスが入ってきた。黒のスーツ姿の彼は、信じられないほどセクシーだ。一分の隙もない格好に、すべてをコントロールしなければ気がすまない彼の性格が表れている。リアはアイアスのネクタイをゆるめ、ボタンをはずし、髪に指を通して乱したかった。

だがその代わりに、足もとのキャンディの包みを集め始めた。「あら、来たのね。これを少し持ってくれる? 売り物にはならないから持ってきたの」

リアは抱えきれなくなったキャンディを彼に渡し、残りとバッグを持った。「もう出発できるの?」

「ああ。きみのスーツケースも積みこんだ」

「ありがとう。ところでどこへ行くの?」

「言っていなかったかな?」

「あなたはいつも、こまごましたことは何も話してくれないもの。どんなことが好きかとか、レイチェルとの関係とか」

「またその話を蒸し返すのか?」ふたりは出発準備の整った自家用機へ向かった。

「まあね。別に機会をうかがっていたわけじゃないけど。この前もそう。あのときは真実を知りたいという気持ちに駆りたてられただけで」

「真実は、人が思うほど魅力的なものじゃない」

「ええ、そうよね。知れば動揺するだけだとわかっているの。できれば追求するのをやめたいわ」

「いつでもやめてくれていいよ」

「どれがあなたの飛行機なの？」

「大きいやつだ」淡々とアイアスが答える。

　リアは眉をつりあげた。「本当に大きいわね」タラップをあがって機内に入る。

　なかは、それまで彼女が乗ったことのある飛行機とはまるで違った。豪華なカーペット、本革張りの座席、フラットスクリーンのテレビ。寝室は並みのアパートメントより広く快適だ。

　彼がソファに座ったので、リアは安全な距離を置こうと、反対側の椅子に腰をおろした。

「そろそろ、どこへ向かうのか教えてちょうだい」

「サプライズは嫌いなのか？」

「すでに結婚がサプライズだったもの」

「セントルシアだ」

「まあ、すてき」これまで写真でしか見たことのない美しい島を思い浮かべると、なぜかリアは喉が締めつけられた。アイアスがレイチェルを連れていくつもりでたてた計画だからだろうか？　ビーチでくつろぎ、夫となった男性に微笑む姉の姿が目に浮かんだ。

　なぜこんな想像をしてしまうのだろう？　こんなにも彼と姉のことが気になってしまうのはなぜ？

　アイアスと結婚して、仕事に励み、一緒に出かけて同じベッドで眠っても、彼が誰を思い、何を感じるかを気にせずにいられたら楽なのに。

　アイアスといると、無防備だった昔の自分に戻ったような気がしてしまう。彼に対して守りをかためなければと決心したにもかかわらず。

　リアは胃がよじれるのを感じた。何も食べられそうにない。甘いもの以外は。

　キャンディをたくさん持ってきてよかった。

　アイアスはノートパソコンを出して、一心にモニターを見ている。明らかに会話は終わったのだ。

　それなら、黙ってキャンディを食べながらハネムーンを思い浮かべていればいい。太陽と砂でいっぱいの場所へ行くとわかったのだから。

　ほかのことはすべて頭から締めだそう。

　高層ビルの立ち並ぶニューヨークで二週間過ごしたあとなので、セントルシアの青い海と空がよりまぶしく感じられた。リアは都会も好きだが、海に来るといつも故郷に帰ったような気がした。

　アイアスはプライベートヴィラを借りていた。粗削りの材木でつくった頑丈な建物で、前に白い砂浜が広がり、後ろには山がそびえている。

　まるで空想のなかの家のようだ。アイアスがかつて空想していたとおりの男性でないのが残念だった。

「いつハネムーンの行き先をここに決めたの？」答えを知りたくないのに、なぜかリアは質問していた。

「一年以上前、式の日どりを決めたときに予約した」

「あなたは本当に計画をたてるのが好きなのね」

「計画なしで、どうしたら進むべき方向がわかるんだ？」

「さあね。でもあまり計画にこだわると、大切なものを見逃しても気づかないんじゃない？」

　アイアスは肩をすくめ、ヴィラに入った。「それでもいいのさ。目標から一瞬でも目をそらして道を踏みはずす危険を冒すくらいなら」

　彼に続いてなかに入ったリアは、広々とした室内を見渡した。天井はアーチ状で、むきだしの梁がアクセントになっている。床の木目が、洗練された空間に素朴さを添えていた。透ける布でリビングルームと仕切られた寝室に置かれているのは、大きなダブルベッドだ。

　リアはアイアスの広い背中と引きしまった腰を見つめた。黒いズボンが筋肉質の腰に張りついている。彼女は十代のころから、アイアスの後ろ姿を見るのが好きだった。

「道を踏みはずすって、失敗すること？」

「違う。失敗はそんなに悪いものじゃない。世の中にはもっとひどいことがある」アイアスはスーツケースをおろして、部屋の向こう側へ歩いていった。

「リア、質問がある」

「どうぞ」

「きみは自分を善人だと思うか？」

リアは目をしばたたいた。「ええ、思うわ。わたしがつくっているのは罪のないキャンディだし、すれ違う人には笑顔を向けるようにしている。おばあちゃんの財布からお金をとったりもしないから、答えはイエスよ」

「そうか。じゃあ、環境が変わっても善人でいられる自信はあるか？　何があっても揺らがない、しっかりしたモラルが自分のなかにあると言えるか？」

「そう思いたいけど」

「ぼくは、そもそも自分は善人ではないと思っている。うっかり気を抜いて目標から目をそらしたら、やっと抜けだした暗い場所にまた落ちていくだろう。でも、そうなりたくない。自分だけの問題ならまだしも、人を傷つけるのはいやだ。感情や強い欲望は、目標からぼくの気をそらし、予想外の事態を招く。だから信用しないことにしている」

リアは緊張を和らげようとして笑みを浮かべた。

「あなたは人を傷つけたりしないわ、アイアス」

「リア、きみは本当のぼくを知らないんだ。ぼくはきみの家に現れるまで存在しなかったわけじゃない。その前の十六年間、きみみたいな人が一生かけても経験しないような生活をしてきたんだ。そのころの記憶が今のぼくをつくった。そして、まっすぐゴールをめざせとぼくを駆りたてる」

「アイアス……」

「もうこの話は終わりだ」

「いいえ、まだよ。そこまで言ったんだから、わたしにはすべてを聞く権利があると思うわ」

「きみはすでにぼくをよく知っているんだろう？」

「いいえ。あなたの仮面を知っているだけだった。仮面をつけたあなたが好きだったのよ」

「それでいいのさ。本当のぼくはろくでなしなんだから。さあ、もういいだろう。ぼくは泳ぎに行く」

アイアスはネクタイをほどき、シャツを脱ぎ捨てた。裸の上半身に、リアは目が釘(くぎ)づけになった。

引きしまった体を見たら、傷ついた気持ちも怒りも消えた。オリーブ色の肌が男らしい。

寝室へ行ったアイアスを、リアはじっと見つめた。薄布越しに彼の動きが見える。アイアスはスーツケースから水着をとりだすと、ズボンと下着をさげた。

目をそらすべきだとわかっていた。彼の体をのぞき見る権利は自分にはない。それなのに仕切りの布越しにぼんやりと見えるアイアスの体から、どうしても目が離せなかった。

彼が顔を上げた。リアを見つめながら水着を引き上げ、それからリビングルームに戻る。

「何かいいものが見えたかい？」

リアは口をとがらせた。「まあね。よかったでしょう？　これからわたしたちがすることを考えると、あなたの体を見て喜べないようじゃ困るもの」

「ぼくは照れるふりでもするべきかな？」彼が淡々ときく。

リアは水着姿のアイアスをこれまでにも何度も見ていた。でもそれとこれは同じではない。今はふたりきりで、そばにベッドがある。「そんなことは期待していないわ。結局あなたは、わたしが想像できないようなものを見てきたんですものね」

「それを忘れるんじゃない」アイアスが彼女の横を通って外に出ていく。親密な空間でふたりきりになるのを避けているのだと、リアははたと気づいた。

そうはさせないわ。

彼女は急いで寝室へ行って水着を探した。黒のワンピースの実用的な水着。こんな水着では、彼を誘惑できない。

水着のせいではないかもしれないという考えは無視し、リアは近くの店へ買い物に出かけた。

いくら泳いでも、アイアスの高ぶりは解消されなかった。水の冷たさが足りないのだ。それに彼の体を高ぶらせているのは、欲望だけではなかった。

ベッドを見た瞬間、リアとひとつになりたいと心から思った。だが同時に、自分のしたことを突きつけられた。ここはぼくがレイチェルのために選んだ場所だ。それなのにぼくは何も考えず、交換可能な部品のようにリアを連れてきてしまった。リアとレイチェルはまったく違う人間なのに。

だいいちレイチェルは、ぼくの血を沸きたたせはしなかった。でもリアは、いつもぼくを自制心の限界まで追いつめる。

ヴィラに入ったとき、すぐに彼女をベッドに押し倒したかった。リアの顔から悲しそうな表情が消え、レイチェルの亡霊を完全に追い払ってここがふたりの場所になるまでキスをしたかった。

しかしぼくは、自分がどんな人間かを思いだした。自制心を保たなければならない理由を。

もちろんリアが相手では、ドラッグが絡むことはあり得ない。自分自身、もう十八年間手を出していない。あのことがあったあとではもう、そんな気にはなれなかった。

今でもぼくは、父の屋敷で過ごした最後の夜の出来事とセックスを切り離して考えられない。セックスは、われを失った自分の恥ずべき行為と分かちがたく結びついている。あのとき意識が混濁していたぼくは、女性を怯(おび)えさせてしまった。

あの夜のことは絶対に忘れてはならない。そのためにも、自制心を保つことが大切なのだ。

「ああ、よかった。まだいたのね」

振り向いたアイアスは、喉がからからになった。再生していた過去の記憶が消え、頭のなかはリアの白くて柔らかな体でいっぱいになる。

彼女が着ているような赤いビキニは発売禁止にするべきだ。ヒップの脇にあるボトムスの結び目は簡単にほどけそうだし、トップスはほとんど胸を隠していない。柔らかくて丸みを帯びたリアの体は、自然な女性らしさにあふれていた。

「もちろんいるさ。きみはどこへ行っていたんだ？」アイアスは水から上がる前になんとか興奮を静め、砂浜に立っている彼女のもとへ向かった。

「ショッピングよ」

「何を買いに？」

「いろいろ。特にこれ」リアがヒップに手をあてる。おそらくビキニをさしているのだろう。

「ほかには？」

リアが彼を見つめる。「あなたに見せるための下着」

「へえ」アイアスの声は別人のようにかすれた。

「興味があるのね」

ごまかそうとしても無理だった。それに、なぜ隠す必要があるだろう？　リアは妻だ。そして、ぼくを求めている。無理やり彼女を奪おうとしているわけではない。「そりゃあるさ」その声は上ずっていた。

「よかった」

「それはもう準備ができているってことか？　今ここでことに及んでもいいと？」

「いいえ。ただ、こうやって雰囲気を盛りあげるのもいいかと思って。期待して待つのもいいものでしょう？」

ぼくがどんなに長いあいだ期待して待っていたか、リアは知る由もない。「いいという言葉が適切かどうかわからない」

彼女はアイアスに向かって踏みだしたが、砂に足をとられてよろめき、胸が揺れた。

アイアスは少年時代に戻ったような気がした。すべてが初々しかったころに。もっとも実際には、自分のまわりにあったのは、商品としてのセックスだけだったが。自分のいた世界では、セックスは金持ちや権力者を喜ばせるための道具だった。

だから自分にとってセックスや欲望は、そういう暗い側面と結びついていた。今感じているような、純粋な期待や興奮ではない。奪うだけでなく与えたい、ものにするのではなく慈しみたいという気持ちでもない。

アイアスは不安だった。リアといると冷静でいられない。計画どおりに物事が進まないせいだろうか？　あるいは、彼女の水着姿が魅力的すぎるからかもしれない。

リアが手をのばして彼の顔に触れた。「けんかするよりキスのほうがいいでしょう？　わたしたちはそのどちらかしかできないみたいだけど」

その瞬間、アイアスの自制心ははじけ飛んだ。頭をさげ、素早く彼女の唇をとらえる。しばらくして唇を離したとき、リアの目は大きく見開かれ、唇は赤く腫れていた。

「まあ」

「どうしたんだ？」激しすぎたかとアイアスは一瞬心配になったが、彼女はこれを求めていたはずだと確信していた。リアはぼくを誘惑するつもりだったはずだ。

「ただ、頭がまっ白になっちゃって」

「それは……いいことか？」彼はきいた。

「ええ。ただ、しばらく気のきいたことは言えそうにないから、ほうっておいてくれるかしら」

「これから泳ぐつもりかい？」

「頭がぼうっとしているから、三十分は泳がないほうがいいでしょうね」

「科学的な根拠があるのか？」

「わからないけれど」

アイアスは微笑んだ。自然に笑みが浮かんだ。

「よかったら、今夜はディナーに出かけないか？」

「デートのお誘い？」

「そうだ」

「そんなことをしてくれなくてもいいのよ」

「わかっている。だが、そうしたいんだ」

「アイアス、あなたがそんなふうに言うと、とてもロマンティックに聞こえるわ」

8

それから一時間もたたないうちに、リアはディナーには行かないと決めた。もちろん、それなりの理由と計画があってのことだ。アイアスの不意をつき、自分のペースでことを進めたかった。彼の言いなりにはなりたくない。

結婚してまだ二週間ほどしかたっていないが、アイアスはけっして感情に流されず、常に頭で考えて行動するとわかった。長身でがっしりとした体つきからは、そんなタイプには見えない。しかし絶対に衝動に流されることなく、常に理性的にふるまう。

だが初めてベッドをともにするときは、事前にたてた計画にそって行動してほしくなかった。それではすべてが彼の思いどおりになってしまう。

ひとつ確かなのは、十代のころアイアスに対して抱いていた気持ちは愛ではなかったということだ。つまり、完全に心を奪われていたわけではない。そう思うと、彼に対してそれほど守りをかためなくてもいいかもしれないという気がした。

わたしは本当のアイアスを知らず、勝手に想像していただけだった。当時は彼が微笑み、キャンディを受けとってくれただけで夢中になってしまったが、今は大人になった。知りもしない男性は愛せない。

それでもアイアスを求めていることは確かだ。それも強く。

だから彼には、冷静でいられなくなるほどわたしを求めてほしい。彼の自制心を崩したい。バージンなので状況は圧倒的に不利だし、スリムな美女でもないけれど、アイアスがわたしを求めているのは明らかなのだから。

ビキニを着たのも、彼がわたしの裸を目にしてショックに恐れおののくかどうか確かめるためだった。なにしろわたしは、今流行りの棒きれのように細いスタイルからはほど遠い。

でもアイアスは、わたしのビキニ姿を見て欲望を感じていた。

だからアイアスがまた守りをかためる前に、彼のペースを少しでも乱そうとリアは画策していた。アイアスのような男性を誘惑できれば、自分のなかにある感情にけりをつけて、強くなれるかもしれない。

けれど、たとえ彼への気持ちが消えたとしても、自分が〝身代わりの花嫁〟であるという事実は変わらない。姉に劣る、二番目の存在であることは。

レイチェルのことは愛している。でも夫の愛が姉に向けられているのは我慢できない。アイアスと自分のあいだに愛がなくても、彼に自分以外の女性を愛してほしくない。

けれど、今夜起きることは愛とは関係ない。単にアイアスが計画をとても大切にしているという事実を意味するにすぎない。それから欲望の解消だ。

リアは胸もとに手をさし入れ、前かがみになって胸を持ちあげた。自分のいちばんの武器をなるべく効果的に見せたかった。男性を誘惑した経験はなくても、やり方はわかっている。

リアは鏡を見てため息をついた。少なくとも、いつもとはだいぶ違って見える。目もとに入念にメイクを施してあるし、体にフィットしたワンピースの襟もとからは、今にも胸がこぼれそうだ。おなかは平らではないものの、許容範囲だろう。

自分の持っているもので誘惑するしかない。たとえ引きしめ効果の高いストッキングをはいても、スリムにはなれないのだから。

それに見せかけだけとりつくろっても、ベッドの上では意味がない。だからビキニを着て、アイアスにありのままの自分を見せた。そして彼のまなざしは……自信を与えてくれた。

ヴィラの玄関のドアが開き、リアは振り向いた。アイアスだった。リビングルームとの境を仕切る薄布越しに、シルエットがはっきりと見える。

「戻ったのね」

「ああ」彼の表情はよく見えず、声からも何もうかがえない。「出かける用意はいいかい？」

リアは薄布を脇に寄せた。「いいえ」

「準備はできているようだが」

彼女はワンピースの腰に両手をあてた。「わたし、普段はこういう服は着ないの」

「なぜ着ないんだ？」アイアスの称賛するような視線に、リアの体は熱くなった。

「どうしてって……どうしてもよ」

「それで、思い直して着替えるつもりなのか？」

「鈍いふりをするつもり？」

「たぶん」アイアスはゆっくりとうなずいた。

「やめて」リアは部屋を横切って彼に近寄った。「そんなの似合わないわ。あなたは経験豊富だもの」

「経験豊富なんかじゃない」アイアスの表情は石のようにかたかった。「駆け引きにはうんざりしているだけだ」

「いずれにせよ、鈍いふりはあなたらしくないわ」

「でもきみといると、本当に頭が回らなくなる」

アイアスは両手をおろしたまま、リアを抱き寄せたいという衝動と闘った。一度でいいから自制心を解き放って、ほしいものをつかみとりたい。

いつのまにかリアに魅了されてしまった。彼女への欲望が振り払えない。結婚式の日にレイチェルに対して抱いていた気持ちは、リアに対する炎のような情熱に燃やしつくされてしまった。

かわいかったリアが、辛辣で魅惑的な女性に変貌した。暗い心の隅に封印してきた欲望をかきたてる、すばらしい体を持つ女性に。

抵抗をやめて、誘惑に身を任せるのは簡単だ。目標への道をそれ、過去も未来も忘れるのは。

今みたいに欲望に抵抗できなくなるのは初めてだった。十八年間、女性との性的交渉を絶ってきたせいで、大人の男女のあいだに生まれる欲望がこれほど激しいものだと知らなかった。

自分がどんなにひどいことができる人間か悟って以来、女性と体を重ねるのは避けてきた。完璧な自制心を身につけ、結婚というきちんとした関係を結ぶまでは慎むべきだと信じてきた。女性が何かの代償として自分を提供するのではなく、心から望んでいると確信できるまではだめだと自分をいさめてきたのだ。

だが、リアといるとすべてを忘れてしまう。醜い過去など存在しなかったようだ。ああ、その感覚にただ身をゆだね、穢（けが）れのない存在として生まれ変わりたい。単なる幻想だとわかっていても、いっとき浸りたい。

リアがウィスキー色の目をアイアスにすえたまま、指先で彼の頬をなぞった。アルコールには抵抗できても、彼女には逆らえない。

このまま誘惑に溺れたい。長いあいだ自分に許さなかった情熱を味わいたい。父の屋敷にいた女性たちの記憶を一掃し、くらくらするほど甘く清らかなリアの誘惑に屈したい。突然、彼女のすべてがほしくて、いてもたってもいられなくなった。

長い禁欲生活のあいだには欲望を抑えるのが難しいときもあったが、これほど限界に近づいたことはなかった。体が震え、リアに触れたくて息も吸えない。なぜ昔は彼女がほしくなかったのだろう？

ふと、いつもキャンディをプレゼントしてくれた少女の姿がよみがえった。リアは無邪気に自分のことを話し、長く凍りついていたぼくの心をあたためてくれた。

レイチェルとは、そんな思い出はない。

アイアスはリアの顔にそっと触れ、親指で唇をなぞった。こんなふうにうやうやしく崇拝するように女性に触れるのは、初めてだ。

過去の女性経験を思いだすと、彼は恥ずかしくてたまらなかった。父の世界では、女性たちはものとして扱われていた。父の屋敷にいた女性たちは、ボスの息子を拒否できなかった。追いだされて、もっとひどい〝ご主人さま〟に売り払われてしまうかもしれないのだから。

そして最後の経験は、思いだすのも恐ろしかった。初めて大量にドラッグを摂取したぼくはすっかり自分を見失い、少女に手荒なまねをしてしまった。

ドラッグは父からの誕生日プレゼントだった。ぼくは、プレゼントを楽しまない法はないと思った。それに父の組織が扱うドラッグを試すのも初めてではなかった。だが誕生日の夜に摂取したのは初めての種類で、しかもそれまでになく大量だった。

父は、組織が扱うもうひとつの商品も試せとけしかけた。女性だ。ぼくのそれまでの経験は、屋敷に出入りする娼婦たちに限られていて、人身売買のために集められた女性を見たことはなかった。

〝この娘をおまえへのプレゼントにしてやろう。バージンだ。いやがっても本気じゃない。脚を開かせるのに、たっぷり金を払ってある。だから最後にはおまえにバージンをさしだすだろうよ〟

アイアスはリアから体を離して、大きく息を吸いこんだ。二度と思いだしたくない記憶だった。あの日の罪をあがなおうと努力してきたが、涙を流し、恐怖に引きつっていた少女の顔が脳裏から離れない。

頭の霧が一瞬晴れてその様子に気づいた瞬間、ぼくは身を引いた。そして少女を連れて逃げ、バージンのまま家族のもとに送り届けた。彼女を傷つけたことに変わりはないが、少なくとも最後の一線は越えなかった。手遅れになる前に自制心が働いた。これからも、どんな犠牲を払おうと自制心を保たなくてはならない。

リアはぼくの妻だ。誓いをたて、自分の意思でぼくといる。誘拐されたわけでも、売られてきたわけでもない。

だが、本当にそうだろうか？　リアはホルト社や自分の店のために身を売ったのではないか？

いや、今回の結婚と過去の出来事は同じではない。

「頼む、ぼくがほしいと言ってくれ」

リアが目を開いて答えた。「あなたがほしいわ」

「名前を言うんだ」彼女の気持ちを確認しなければならない。強要されたのでもなければ、強い義務感からでもないと確かめなければ。

リアがアイアスの顔に触れた。「アイアス、あなたがほしいわ。ほかの男性なんていらない」

「なぜぼくと結婚した？」

「ホルト社のため、自分の店のため、そしてあなたのためよ。あなたは本当にがんばって働いてきたから」

「だが、決めたのはきみだ。きみが望んだんだ」

「ええ、誰にも強要されなかったわ。自分で決めたの」リアは彼の唇を指でなぞった。「それに、ベッドをともにすることもわたしが望んだのよ」

「ああ。だが、なぜだ？」

「女にも欲望はあるからよ。でも、夫以外の男性に満たしてもらいたくない。誓いは守るべきだもの」

「同感だ」

「あなたもわたしに忠実でいてくれる？」

「もちろんさ」

「何があっても？」

「いったい何が不安なんだ？」

リアが震える息を吐いた。「生まれてからずっと、姉より劣っていると言われてきたのよ。あなたも、わたしではなく姉を愛したわ」

アイアスは、レイチェルを愛していたのかどうかわからなくなったと説明しようとした。愛していると思ったのは、レイチェルと結婚すればすべてがうまくいくような気がしたからで、彼女が計画のなかでの位置づけを失うと同時に、愛だと思っていた気持ちも消えてしまったと。

今では、レイチェルを愛したことはなかったと確信している。彼女を思い浮かべても何も感じない。

しかしうまく言葉にできず、アイアスはこう言った。「ぼくがきみ以外の女性と関係を持つことは絶対にない」

突然、リアが激高したように言った。「そうよね。あなたはわたしと結婚したんだもの」

「いや、そういう意味で言ったんじゃない」なぜこんなことを言いだしてしまったのだろう、とアイアスはいぶかった。説明するためには、過去に触れなくてはならないのに。だが、自分が汚れたという思いしか残らなかった若いころの経験は、今リアとのあいだで進行しているものとは違うと伝えたかった。

「ぼくが最後に女性と関係を持ったのは、十五歳のときなんだ」

リアが口を開けた。「なんですって?」

「つまり、十八年近く女性とベッドをともにしていない」

「それって、人が生まれてから大人になるくらいの時間だわ」彼女があとずさりした。「信じられない。あなたの体はこんなに男らしくてすてきなのに、長いあいだ誰も触れていないというの?」

「触れたいという申し出はあったけどね」

「なぜ申し出を受けなかったの? 普通の男性は、そういう申し出を断らないものよ」

「そうかもしれない。だがぼくは、女性とはきちんとした関係を築いたうえで先に進むべきだと思っている。残念ながら、そんな機会に恵まれなかったから……自制してきたんだ。レイチェルとも結婚するまで待つつもりだったと話しただろう?」今、リアにすべてを話すつもりはなかった。彼女がこんなふうにぼくを見ているうちは。

「それで平気だったの?」

「ああ、どうということはない。ぼくは何より自制心を保つことを大切にしているからね。やると決めたらやる、やらないと決めたらやらない」

「鉄壁の自制心ね。きっと誰にも……それほど情熱をかきたてられなかったんでしょう」

「ああ」実際そうだったと、アイアスは気づいた。もしレイチェルがリアのようにぼくの自制心を揺さぶっていたら、果たして我慢できただろうか?

「もしレイチェルかあなたが欲望を抱いていたら、きっと踏みとどまれなかったわ」

「たしかに」そう考えると、彼は不安を覚えた。

「それで……今は？」

「結婚したんだから、セックスは許されると思う」

「許される？」リアのウィスキー色の目が光った。

「なぜずっと禁欲してきたことをわたしに教えてくれたの？」

「正直に言うべきだと思ったからだ」

「あなたはバージンみたいなものなのね」

「違う。ぼくは無垢とはほど遠い」

アイアスはこの会話が居心地悪くてならなかった。男としてのプライドだろうか？　誘惑に負けなかったことを誇るべきなのに、ずっとセックスをしていなかったと知られるのが恥ずかしかった。

「たしかにそうは見えないわ」リアが彼を見つめた。「あなたはいろいろなことを見すぎたんだと思う。目にそれが表れているわ」手をのばしてアイアスの眉をなぞる。「何を見たの、アイアス？」

彼は頭を振った。「きみが見たこともないようなものだ。詳しく教えて、きみにまでつらい思いをさせたくない」

「でも、わたしたち家族と出会う前の過去も含めて、今のあなたがあるのよ」

「いや、今のぼくは、きみの家の戸口に立ったときに生まれたんだ。今夜きみとベッドをともにするのは新しいぼくで、昔のぼくじゃない」

「どうしてあなたが今のあなたになったのか、知りたいわ」

「だめだ、リア。今夜はまだ、きみが思っているままのぼくでいさせてくれ」

リアはゆっくりとうなずいた。「わかった。あなたの好きなようにしたらいいわ、今夜は」

「どうやって始めればいいかわからないんだ。きみを見ると……ほしい気持ちが強くなりすぎて」

彼女は頬をまっ赤に染めたが、アイアスから目をそらさなかった。「それはちょっと問題かもしれないわ。だって、わたしもあなたを見ると……苦しくてたまらなくて、どこから始めていいかわからなくなるの。わたしは本当にバージンだから」

「それこそあり得ないな」

「なんですって？」

「なぜ男どもはきみの魅力がわからないんだろう。とにかくきみはバージンには見えないよ」

「じゃあ、どんなふうに見えるの？」

アイアスは親指を彼女の顎に置いた。「男を誘惑する女」

「まあ……すてき」リアが彼の親指にキスをした。「あなたは誘惑された？」

完全に。アイアスは今すぐ膝をついて、ひとつになりたいと懇願したいくらいだった。こんな気持ちになるのを待ちわびてきた。

自分が満たされることだけを願う欲望とは、まったく違う。まるで初体験のようだ。

ああ、これが初めてだったらいいのに。過去の女性たちとの自分勝手で味気ない経験をなかったことにできたら。だが、過去を消すことはできない。

「心配しなくても、ぼくたちはうまくやれるさ」

「あなたは心配じゃないの？」

「ぜんぜん。ぼくはいつも事前にしっかり計画をたてる。結婚すると決めたとき、夫として妻を満足させるテクニックが必要になるのはわかっていたから、本でいろいろ調べたんだ。それに、ぼくには集中力がある。きみとベッドをともにするときは、すべてを忘れてきみだけに意識を注ぐつもりだ」

リアの目の色が濃くなった。息は浅く、喉もとは脈打っている。明らかにぼくとの行為を待ち望んでいる。ぼくを求めている。

しかも、彼女はバージンだ。

アイアスは奇妙なほどその事実に心をかき乱され

ていた。過去の出来事とつながりがあるように思えて、落ち着かない。触れたら汚してしまう気がする。リアが心だけでなく体も無垢だと知って、居心地の悪さが増した。

ぼくはリアのように無垢ではない。あれから何年たとうと、ぼくの魂には当時の行為がくっきりと刻まれている。その罪を消すことはできない。

罪をあがなおうといろいろ努力はしてみた。父の築いた邪悪な組織を破壊するのに手を貸し、その結果、人身売買のためにとらわれていた多くの男女が自由を得た。それでも罪は消えず、自分の心をのぞくと恐ろしい怪物が見える。

ぼくの魂は汚れている。罪は永遠に消えない。だから、けっして忘れないようにしている。まわりの環境がどんなに変わっても、人間はそう簡単に変われるものではないのだ、と。

だが、今回は身を引こうとは思わない。最高のプレゼントをもらったという目でリアに見つめられては、とても身を引くことはできない。

リアは純粋で、人を疑うことを知らない。これからベッドをともにしようとしている男がどんな人間かわかっていない。ぼくが本当は誰で、どんな家に生まれたのか、アイアス・クーロスとしてホルト家の門をくぐる前はどんな人生を歩んできたのか、彼女に教えるべきだ。ギリシアでもっとも悪名高い犯罪組織のボスの息子だったのだと。

ぼくはその恐ろしい男の遺伝子を受け継ぎ、同じ屋敷で暮らし、汚れた金で買った服を着て車を乗り回していたのだと。

ぼくはまだ子供だったが、それは言い訳にならない。当時のすべてがぼくを形づくったのだから。

運命のあの夜、ぼくは選択を突きつけられた。自分のなかの怪物と一体化するか、怪物を抑えこんでまっとうな人間として生きるか。ぼくはまっとうに生きる道を選んだ。

でも、自分のなかの怪物は消えていない。逃げだして邪魔するものを貪り食うチャンスをうかがっている。そんな怪物は抹殺してしまいたいが、きつく抑えこみ、力を弱めるのがせいいっぱいだ。

だが今夜、それは今にも檻（おり）を突き破って出てこようとしている。そしてぼくも、それを檻のなかに戻したくない。解き放って自由に暴れさせたい。

だめだ、そんなことをしては。絶対に。

「きみはぼくについてこられるかい？」アイアスは両手でリアの頬を包んで尋ねた。

彼女が微笑む。「わたしも同じことをあなたにききたいわ」

アイアスはためらった。どこから始めればいいのか、リアはどうしてほしいと思っているのかわからない。それでも彼女を守りたいという気持ちはあった。リアにやさしい言葉をかけ、手早く淡々と行為をすませよう。彼女がバージンでなくなり、自分も長かった禁欲生活に別れを告げたら、次の目標に向かえばいい。

だが、自分のなかには怪物がいる。それを抑えきれなくなるのが、アイアスは怖かった。

そのとき、リアが突然キスしてきた。激しく貪るように唇を重ね、体を密着させ、指で彼の髪をすく。

アイアスは片腕を彼女のウエストに回し、もう片方の手で、ずっと昔からの願望をかなえた。

リアの柔らかく官能的な胸を手で包む。親指を頂に走らせると彼女がのけぞった。

アイアスは燃えたつような欲望に駆られた。リアがシャツの裾から手を入れ、指先で背中や腹や胸の筋肉をなぞる。彼が想像していたような甘く穏やかな初体験とはまるで違った。

アイアスは、これは自分にとっても初体験だと感じていた。過去の経験はこれとはほど遠いものだったのだから。

　だが、中断してほかのやり方に変えることはできない。これこそが求めていたものだ。何年も抑えつけてきた欲望を満たすこの瞬間を、待ち望んでいた。

　ふいにリアが体を引いた。唇が腫れ、目は誘惑するように光っている。彼女は手を後ろに回し、ワンピースのファスナーをおろそうとした。

「ぼくにやらせてくれ」アイアスは喉から言葉を絞りだした。

　リアがゆっくり後ろを向き、髪を片側に寄せる。アイアスは手を彼女の前に回して腹部の上に置いた。頭をさげてリアのうなじにキスをしたあと、額をそこにつける。リアが体を震わせてのけぞったので、彼女の腰がアイアスの高まりにあたった。彼はさらに強くその部分を押しつけた。

　リアがうめき声をあげる。このまま先に進んでいいというサインだと、彼は受けとった。

　しかし、いずれにせよ、もはや引き返すことはできなかっただろう。欲望と興奮が体を支配している。アイアスは初めて体の求めるままに行動していた。

　彼はゆっくりと背中のファスナーをおろしていった。徐々に現れるシルクのような肌を拳でそっと撫(な)で、肩甲骨のあいだにキスをする。

「ああ、そうよ、アイアス」

「どうだい？　なんとかうまくやれそうだろう？」

　彼女がうなずく。その瞬間、アイアスは時がとまった気がした。リアの目に過去の光景が見える。ホルト社のオフィスでの思い出が。リアがぼくを見あげて笑い、キャンディを机の上に置いている。

　受けとってはいけないと心のどこかで感じていたのに、ぼくはリアが帰ったあとキャンディを食べた。彼女との絆(きずな)が深まるようなことはすべきでなかったのに。

　一度はその絆に背を向けた。そうしなければならなかった。だが今は……もう目をそらせない。

肩から押しさげたワンピースが、体にそって床まで滑り落ちた。アイアスは、黒いレースの下着に包まれたリアの体から目が離せなかった。

くびれたウエスト。美しいヒップの丸み。彼は引き寄せられるようにそこに手をあて、ゆっくりとなぞっていった。まったく非の打ちどころがない。

リアは内側から光り輝いている。信じられないほどの美しさに、アイアスは自分が恥ずかしくなった。彼女に触れる資格などないのに、やめられない。

「きみに触れたい」声がかすれた。自制心が吹き飛び、リアにやさしくする余裕がない。

「どこに？」彼女が柔らかい声できいた。

「全部だ。きみを味わいたい。きみのすべてを」

「お願い、そうして」

「ああ、そうせずにはいられないよ」

アイアスがブラジャーのホックをはずすと、リアはブラジャーを投げ捨てた。彼はむきだしになった胸を後ろから包んだ。彼女の肌は信じられないほど柔らかく、胸の頂はかたく張りつめている。こんなふうに女性に触れたことはない。こんなに強烈な欲望が体を貫いたことも。

「きみが見たい」アイアスは彼女の肩にキスをした。「待つのは本当に長かった」

リアが向き直り、うるんだ目で彼を見つめる。

「わたしもよ、アイアス。どれほど長かったか」

リアは恥ずかしがって体を隠したりしなかった。アイアスは心ゆくまで彼女を見つめた。こんなに美しいものは見たことがなかった。白い胸、ラズベリー色の頂。ふと、秘めやかな場所を隠す小さな布地に目がとまる。

「それも脱いでくれ」彼はうなるように言った。

リアは目を合わせたまま、アイアスにしたがった。

彼は、喉もとまで欲望がせりあがってくるのを感じた。なんとか声を絞りだす。「ゆっくりできそうにない」

アイアスはひざまずいて彼女の腹部に口をつけ、下へとたどっていった。早く彼女を味わいたくて、体が震える。これほど切実に何かを求めたことはなかった。

リアの脚を少し開かせ、うるおった場所を舌でなぞる。彼女があえいで肩につかまっても、アイアスはやめなかった。いくら味わっても足りなかった。彼女の味、感触、彼の名前をささやく声、シャツにくいこむ爪の感触。すべてが初めてだった。相手が満足しているかどうかなど、気にかけたことは一度もなかった。父の屋敷にいた女性たちは娼婦で、それなりに扱えばいいと教えられていた。

アイアスは過去を脇へ押しやり、リアに意識を集中させた。今感じられるのは彼女のことだけだ。なぜ今までこれを味わわずに生きてこられたのだろう？　彼はリアの腰をつかんでさらに引き寄せた。

「アイアス……」懇願するように彼の名前を呼びながら、リアが絶頂に達した。そのあとアイアスがリアの腿に頭をもたせかけていると、彼女が彼の髪を指ですいた。たった今の行為とは対照的なやさしいしぐさが、アイアスは心地よかった。

両手が震えているアイアスに代わって、リアが彼のシャツのボタンをはずしてくれた。しかしそのせいで欲望が限界までふくれあがり、リアがジーンズの上から高まりに触れると、彼は思わずその手を引き離した。

「やめてくれ」

「どうしたの？」

「我慢できなくなる」

この十八年間は、自分の手で欲望を解き放っていた。そのときと同じように、女性との行為でも自制心を失わずにいられると考えていたのだ。

だが、重要な要素を計算に入れるのを忘れていた。

相手はリアだ。

リアはぼくのペースを乱し、計画したとおりにことを進めさせてくれない。彼女は自分の考えで行動して、ぼくをしたがわせる。

「われを忘れてくれたらうれしいわ。それだけ求めてくれているってことだもの」リアが手を戻した。

「リア」アイアスは歯を噛みしめた。

「何？」彼女がため息をつく。「もう一回言って」

「やめてくれ」

「それじゃなくて、わたしの名前を」

「リア」彼は荒々しくうなった。

「気に入ったわ、その言い方」

アイアスも気に入った。気に入りすぎて、彼女をとめられなかった。主導権をとり戻して欲望を抑えつけるべきなのに。命令するのは自分のはずなのに。

「ぼくにさわるのはやめてくれ。今すぐに」

リアが手を離すと、アイアスはベルトをとり、ファスナーをおろして蹴るようにズボンを脱いだ。

「ずるいわ。わたしだってさわりたいのに」

「だめだ」

これ以上彼女に触れられたら、自制心を失い、自分がどうなるかわからない。欲望が大きくなりすぎて、怪物が鎖を引きちぎり暴れだすかもしれない。

「ベッドに行こう」主導権をとり返したい一心で、アイアスは言った。

「それがあなたの計画？」

彼はリアを上向かせ、唇に軽くキスをした。「この先まで進みたいなら、ぼくのやり方にしたがってもらう。おとなしくベッドに行ってくれ」

女性との行為でこんなふうに感じるなんて、アイアスはまったく知らなかった。だがこうして命令をくだせば、自制心をとり戻してもとの自分に戻れる気がした。

　リアは微笑んだが、目は意味ありげにきらめいていた。「いいわよ、ダーリン」

　彼女は後ろを向いて歩きだした。アイアスに見せつけるように大きく腰を振っている。

　リアが薄布を横に引いてベッドにあがった。枕に寄りかかり、誘惑するように腕を脇に垂らす。バージンのはずなのに、はにかみはまったくなかった。

　アイアスがベッドの脇に立つと、リアは膝立ちになって彼を見つめた。そして体を寄せ、彼の胸にキスをする。アイアスは彼女の髪に指をさし入れた。リアが唇を下へ滑らせていって彼の高まりに舌を走らせる。そのとたん、火のように熱い悦（よろこ）びが彼の体を走り抜けた。自制心がはじけ飛びそうになり、リアの髪をつかんで引き離す。

「それは今日はなしだ、愛する人（アガペ）」

「でも、わたしだってあなたを味わいたいわ」

「だめだ、今晩は」

「じゃあ、どうしたいの？」

「こうだ」アイアスは自分もベッドにあがり、彼女の胸の先端を口に含んで舌ではじいた。女性の悦ばせ方について書かれた本の文章を思い浮かべ、爆発寸前の欲望をやりすごす。

　今度はリアが体を震わせた。アイアスの頭をつかんだ指に力がこもる。彼はこういう反応を求めていたのだ。これなら自分にも対処できる。

　アイアスはもう一方の胸の先端も同じように刺激した。リアが思わずあえぎ声をもらす。彼が唇に激しくキスをすると、リアもこたえた。

「準備はいいか？」アイアスはきいた。

　彼女も我慢できないほどぼくを求めているのだ。

「ええ。お願い、早くして」

　リアが脚を開いた。アイアスは高まりを一瞬彼女にあて、それから体を引いて代わりに指をさし入れた。リアが息を吐く。

彼女は十分うるおっていた。今にも達しそうなのをアイアスは歯を噛みしめてこらえ、指を動かした。

「気持ちいいかい？」

「ええ」

「もっとほしい？」

「ええ」

アイアスは指をもう一本足した。リアをやさしく押し広げながら二本の指を前後に動かすと、内部が収縮して指が締めつけられた。彼の体がこわばり、息苦しさを覚えた。ああ、早くリアのなかに入りたい。彼女とひとつになりたい。

アイアスは指を引き抜いて、ふたたび高まりを秘所にあてた。リアは熱くうるおって、彼を求めていた。彼女が両手をアイアスの背中に這わせ、誘惑するように首や口の端にキスをする。

アイアスはシーツを握り、ゆっくりと彼女のなかへと身を沈めていった。そうするのは、リアのためというより自分のためだった。まるで迷子になった子供のように心もとなかった。慎重にたてた計画も、自制しなければという思いも、すべて消え失せた。

今、この瞬間のことしか考えられない。彼女に包まれている、この感覚のことしか。

奥まで強く突き入れると、リアがあえいだ。痛みにひるむ気配をわずかに感じて、アイアスはわれに返った。

「大丈夫かい？」

リアがうなずいて唇を噛む。

彼はキスをした。「ぼくの唇を噛むといい」

リアが言われたとおりにする。そのおかげでアイアスはいくらか気がそれ、自制心をとり戻せた。

彼はリズムを刻むように体を動かし始めた。リアの爪がアイアスの背中や肩を引っかく。

「もっと強く爪をたててくれ」アイアスはそう言うと、彼女の脚を腰に回させた。リアの手に力がこもり、爪が肩にくいこむ。「もっと強くだ」

彼が入ってくるたびに背中をそらして受けとめていたリアが、とうとう体をこわばらせて達した。その瞬間、アイアスは完全にわれを忘れた。やがて絶頂を迎えると、ばらばらに砕け散った。

もう二度と、リアと結婚する前の自分には戻れない。彼女は、すべてを変えてしまった。もとに戻りたいという絶望的な思いにアイアスは駆られていた。

9

リアの世界は根底から揺らいだ。想像していたアイアスと現実のアイアスは、まったく違っていた。ときおりやさしさを見せるものの、終始、彼が主導権を握っていた。長いブランクなどなかったかのようだった。彼女が感じる場所をよく知っていて、そこを的確に刺激した。

リアは息ができなかった。わたしが絶頂に達してアイアスが体を離してから、どれくらいたったのだろう？　見当もつかない。

寝返りを打ち、ベッドの端に座った彼の背中を、リアは指先でなぞった。アイアスの体は余分な肉がまるでなく、彫刻のように美しい。疲れ果てるまで体を鍛えているのかもしれない。彼女にはその気持ちがよくわかった。彼を思って欲求不満にさいなまれたとき、自分もよくルームランナーで発散したものだ。

シャワーを浴びる気になれないときは。

アイアスは一緒にシャワーを浴びたがるだろうか。

立ちあがったアイアスの体に、リアは見とれた。ジーンズや体にフィットしたズボンをはいた姿は何度も見ていたが、一糸まとわぬ彼は本当にすばらしかった。

「どこへ行くの？」リアは彼の背中に声をかけた。

「仕事がある」アイアスは床からズボンを拾いあげ、手早く身につけた。

「仕事？　今やらなくちゃならない仕事って何？」

だめ……こんな言い方ではすがっているみたい。無防備で弱々しく聞こえる。けれど彼と結ばれたあとで、心のガードがさがっていた。

ふたたび守りをかためる時間はなかった。今は、アイアスの冷たさから身を守るすべがない。

彼が振り向いて言った。「セックスをしたからといって、世界がとまるわけじゃない」

リアはアイアスを見つめた。言葉が唇の上で凍りつく。わたしの世界は歩みをとめて大きく揺れ動いたのに、彼の世界にはなんの変化もなかったのだ。

彼女は怒りに駆られた。「世界はしばらく動きをとめるべきだと思うわ。本物の結婚にするつもりならなんでしょう？　これはハネムーンなのよ。うまくいっているように見せかけるだけじゃなくて、ずっと結婚を続けようとあなたが言ったのよ。それなら夫らしくふるまって」

「夫の務めは果たしたじゃないか。満足できなかったのか？」

「満足していないわ」リアは体を起こし、シーツで胸を覆った。

「きみは何度も絶頂に達して叫んだじゃないか」

「あなたという人は……。それは関係ないでしょう。失礼だわ」

「言っただろう、愛する人(アガペ)、これは本物の結婚だ。今夜ぼくは、きみの要求どおり夫の務めを果たした。だがそのあとで何をしようと、ぼくの勝手だ」

「結婚生活はそういうものじゃないわ……」喉がふさがり、言葉がつまる。感情を隠すことができない。なぜだろう？　どうやっても心を防御できない。心が引きちぎられそうだ。

「だが、ぼくたちの結婚生活はこうなんだ」そう言うと、アイアスはリビングルームへ向かった。

リアは膝を胸に引き寄せて座った。震えが体を駆け抜ける。彼とベッドをともにしたことですべてが変わったと思った。でもアイアスにとっては、ふたりの距離を縮めるものではなかったのだ。

わたしは彼に体を捧(ささ)げた。肌に触れることを許した。すべてを与えても、アイアスはわたしをほしがらなかった。それどころか、前より遠ざけたがっている。いつか彼が振り向いてくれるというはかない希望が、リアの心から消えた。

翌日、リアはできるだけアイアスを避けて過ごすことにした。朝早く目覚めると、彼はソファで眠りこんでいた。前のテーブルには、ノートパソコンが開いたまま置いてある。ふと毛布をかけてあげたい気持ちに駆られたが、なんとか抑えつけた。

彼女は外に出て、プライベートビーチを歩き回ったり泳いだりして過ごした。昼食はバーでとった。小さな島だが、新婚の夫を避ける方法も場所も十分にあった。今はひとりで、ゆうべのことをよく考えたかった。

もう一度心のまわりに壁を築きたい。でも、どうすればそれができるのかわからなかった。

リアはため息をつき、腰に巻いていた布をはずして小走りに海へ向かった。走っているうちに、ビキニのトップスがずれたので直す。赤のトップスは小さすぎて、胸の重みを支えきれていないのだ。

「気分はどうだ？」

トップスに手を入れたまま振り返ると、アイアスが立っていた。リアはゆっくりと手を抜き、きまり悪さを隠してこたえた。「おはよう」

「気分はどうだときいたんだが」

「さあ……。あなたはどう？　あなただって初めてみたいなものだったでしょう？」

「リア、まじめに質問しているんだ」

「わたしもよ」

アイアスが肩をすくめた。「ぼくは平気さ」

「あらそう。よかった、ほっとしたわ。だって純潔を奪った罪の意識を感じたくないもの」

「そんなものはぼくにはなかった」

「そう？」

「きみは？」

「純潔を失って？　別にどうってことないわ」

「そう聞いて安心したよ」

「じゃあ正直に言うけど、平気じゃないわ。ソファで寝ないでほしかった」

「どうして？」

「だって間違っているもの。普通、結婚したら一緒のベッドで眠るものよ」

「きみにはわからないんだ……ぼくと長い時間一緒に過ごすのがどんなものか。ベッドでひと晩じゅう一緒に眠るどころか、朝一緒に朝食をとるのも耐えられなくなるかもしれないぞ」

「でも今はまだハネムーンよ。お互いにどれだけ相手に耐えられるか試す段階でしょう？　何かを恐れているのなら、セラピーを受けてみたら？」

「セラピーは必要ない。離れていればいいのさ」

「アイアス、なぜ一緒に眠りたくないの？」

「そうしないと決めているからだ」

「あなたは長いあいだ女性と関係を持っていなかったのよね。それなのに、なぜこんな状況でどうすべきかわかるの？」リアは海を見つめた。泣いたりアイアスの頭をたたいたりしないよう懸命にこらえる。自分が惨めになるだけだ。「レイチェルとだったら、一緒に眠った？」

「いや」荒々しい声で彼が答えた。

「でも、愛していたんでしょう？」

「どうやら愛していなかったようだ」

リアは愕然とした。「どういうこと？　愛していると言っていたじゃない。ほかに女性の影はなかったし」

「つまり、愛しているから結婚を決めたわけじゃなかったということさ。人生設計をするにあたって、レイチェルと結婚してホルト家の一員になるのがいちばんいいとぼくは判断した。感情はあとからついてくると思ったんだ」アイアスが両手を握りしめた。

「だがきみと結婚してから、ほとんど彼女のことは思いださない。正直に言って、きみとベッドにいて別の女性を思いだす男がいるとは思えないが」彼の声が深く荒々しくなり、目の表情が変わる。

「そうかしら。わたしはいると思うけど……」

「きみは、レイチェルとぼくがベッドをともにすると思うといやなんだね」

「もちろん。すごくいやよ」

「なぜ？」

「じゃあきくわ、アイアス。正直に答えて。ほかの男性がわたしに触れたらどう思う？　あなたがしたようにわたしにキスをしたら？　胸に触れたら？」

アイアスの顎が引きつった。「そいつを殺したくなる。冗談でなく、本当に実行するだろう」

　リアは唾を飲んだ。なぜか彼は本気で言っていると思った。「アイアス……うちの別荘で働き始める前、あなたは何をしていたの？」

「そんな話をする必要はないし、するつもりもない」

「昨日もそう言ったわ。過去を隠せばわたしを守れるとでもいうように。でも正直に言わせてもらうと、あんなふうに置き去りにされて、わたしは打ちのめされた。殻に閉じこもって何も話さなければわたしを傷つけずにすむなんて思わないでちょうだい」

「きみは自分が何を求めているかわかっていないんだ」

「ええ、わからないわ。だから教えて。不公平だもの。あなたはわたしの人生をほとんどすべて知っている。だからわたしも、わたしたちと出会う前のあなたを知りたいの。そのころに傷ついたんでしょう？　理解できるように全部話して」

「聞いたらきっと、理解する気にもなれないよ」

「そんなことないわ。理解できるはずよ」

「だめだ」アイアスは険しい表情で顔をそむけた。「そんなとんでもないビキニを着たきみに、ぼくの汚らわしい過去を事細かく話すつもりはない」

　リアはうなるような声をもらすと、ビキニのトップスをとって砂浜に投げ捨てた。「見て。これでとんでもないビキニは半分なくなったわ。だから、半分でいいから話して」

　彼はあたりを見回した。「どういうつもりだ？」

「ビキニがいけないんでしょう？　だから問題をとり除いたのよ。だから話して」

「そんな格好で立っていたらだめだ」

　リアは腰に手をあてた。怒りのあまりアドレナリンが体を駆けめぐる。アイアスと対等になるには、彼の心も裸にするしかない。ビキニを脱いで語らせることができるなら、いくらでも脱ぐ。

「平気よ！　さあ、話して」

アイアスは鋭く息を吸いこんだ。どうしてもリアの胸から目がそらせない。彼女はぼくを挑発し、限界に押しやろうとしている。ぼくのなかの怪物が解き放てと訴えている。気をつけなければ、鎖が切れるだろう。

大丈夫だ。耐えられる。挑発にはのらない。

「きみが知りたがるようなことじゃない。きみには想像もできないくらいの邪悪な話だ」

「わたしはあなたの邪悪さにも対処できるわ」リアはウィスキー色の目を彼にひたとすえた。

「きみに対処なんかさせたくない」

「しようがないでしょう。結婚したからには、わたしにも関係があるんだから。それに、わたしは子供でも、温室の花でもない。生まれてからずっと世間の目にさらされ、姉と比べて劣っていると言われてきたの。人間のいやな面をたくさん学んできたのよ。見かけほど世間知らずじゃないわ。どんな話を聞いても受けとめられる。絶対に逃げはしない」

「いや、きみは逃げるべきだ」

「逃げないわ」

アイアスは口をつぐんだ。言葉が喉に引っかかる。

「ぼくの父はニコラ・コウクラキス。名字が違うのは、ぼくが名前を変えたからだ。父は、ギリシアでもっとも有名な犯罪者だ。ニュースで名前を聞いたことがあるだろう。ドラッグの密売と人身売買の元締めだ。ぼくは父の屋敷で、母親が誰かも知らないまま育てられた。だから何もなかったら、間違いなく父の跡を継いでいたはずだ」

リアが涙を浮かべた。「いいえ、あなたにそんなことができたはずないわ」

「いや、できたさ。ぼくがなぜこれほど自制心にこだわるかわかるか？　なぜすべてを事前に計画し、目標だけを見すえて進まなければならないのか？

そうしなければ、ぼくの体を流れる汚い血に負けてしまうからだ。ぼくは邪悪な遺伝子を受け継ぎ、邪悪な環境で育った。生まれも育ちも邪悪なのさ。だから厳しく抑制する必要があるんだ」

「ばかばかしい。あなたは犯罪者になれる人じゃないわ」

「バックパックをかついで街中の狭い路地へ入り、二回右に曲がる。ふたつビルを過ぎたところで左折し、ドアをノックすると人が出てくる。たいていは子供だ。その晩の合言葉を言うと、奥に通される。そこにいるやつがぼくのバックパックから包みを出して中身を調べ、ぼくは金を受けとって帰る」アイアスは唾を飲んだ。「こんな感じだった。暗い道を行くから、道順を記憶する。怖いさ。特に小さいころは。だから何をすべきか、何を言うべきか覚えて、素早く行動するんだ。喉をかき切られたり、もっとひどい目にあったりしたくなかったら」

「もっとひどい目って？」リアの声はかすれていた。

「売り飛ばされることだよ。ぼくはドラッグの運び屋だった。犯罪にかかわっていたんだ」

「でもあなたは子供だったのよ」

「きみがどう言おうと、ぼくはある時点で自分のしていることを理解し、続けることを選択したんだ」

街を見おろすように丘の上に立っていた大きな屋敷を、アイアスは思いだした。広い部屋には人々がつめこまれ、落ちくぼんだ目をぎらつかせてドラッグのためならなんでも売り渡した。

「この世でいちばんひどいビジネスさ。ドラッグは人間から生きるのに必要なすべてを吸いとる。その結果、亡霊と化してしまった人間は、ドラッグがほしいという思いだけに突き動かされて、そのためならなんでも犠牲にする。父とぼくはそれを利用していたんだ」

「あなたは違うわ。子供だったんだから」

「ぼくは父の屋敷に住み、父が買った服を着ていた」

「でも今はそこを出たじゃないの」

「ぼくをかばうのはやめてくれ。ぼくはドラッグの運び屋だったし、十代になると自分でもやった。ドラッグ依存症の女性たちを利用してもいた。ぼくはずっと……」アイアスは一瞬ためらった。「クリストフィデスは、父の屋敷にいた娼婦の子なんじゃないかと疑ってきた。証拠はないが」

「子供のあなたが、彼に何をしたというの？」

「ぼくは組織の一員だったんだ。ぼくの初体験を教えようか？　相手は娼婦だよ。ドラッグがほしくてうろついていた女さ」

リアは、アイアス・クーロスという人間がようやくわかってきた気がした。少女のころ好きだった少年と、今目の前に立っている男性が一致した。

「ぼくは彼女と取り引きをした。童貞の相手をしてもらう代わりにコカインを与えたんだ。こんな話は序の口さ。きみはまだ、ぼくをほんの少し理解したにすぎない。屋敷には不道徳なものがあふれていた。父のつくりあげた世界ではセックスとドラッグだけがものを言うと理解してからは、ぼくはそれらをほしいままにしてきた」

「わたし……」

「こんな話だと思わなかっただろう？　きみみたいに育つのはすごくラッキーなんだ。それなのに、ぼくが台なしにした。きみにこの世の醜さを教えるべきじゃなかった」

過去の記憶がアイアスの脳裏をよぎる。泣いている少女。破れた服。布の切れ端を握りしめる自分の手。少女はぼくのせいで恐怖におののき、泣いていた。頭の霧が一瞬晴れ、鏡に映っている怪物が目に入った。それは自分自身だった。

「わたしが頼んだのよ」

「胸を覆ってくれ」彼の声はかすれていた。

「なぜ？」

「きみが……そんな格好をしていたら、何も考えられない」過去が現在を侵食していた。昨日リアが与えてくれた美しい光を、闇が覆っていく。

「考えなくていいじゃない」

リアが一歩近づくと、アイアスは彼女の手首をつかんだ。「ぼくの話を聞いていなかったのか？」

「凶悪な犯罪者の息子なんでしょう。あなたをまるで知らなかったら、ひるんでいたかもしれない。でもわたしは何年もあなたを見てきたのよ。別荘での肉体労働から始めて父のアシスタントになり、十八歳になるころにはいろいろ相談されるまでになっていた。父はあなたを見こんでいたから学校へやり、ホルト社のインターンとして受け入れた。あなたも父の信頼をけっして裏切らなかった。レイチェルを傷つけたこともない。結婚の誓いをたて、レイチェルを大切にしていたわ。わたしに対しても同じ。勝手に追い回してくだらないことばかりしゃべっていたのに、あなたはいつも耳を傾けてくれた。だから違う。アイアス、あなたは怪物なんかじゃない」

「ぼくが計画をはずれて行動したところを見たことがないだろう？　自制心を失ったところを？」

「あるわ。結婚式の日に」

リアが近寄ってきてキスをしたので、アイアスも体を寄せた。「今はだめだ」ぼくが本当に自制心を失ったらどうなるか、彼女に話すべきなのかもしれない。あるいは、実際に見せるべきだろうか？

そうしたい。リアを砂の上に横たえ、激しく奪いたい。常に抱えている飢えを満たすために。心の暗闇を彼女の明るい光で満たすために。

だが、そんなことはできない。もし一瞬でもリアに対して怪物を放ったら、二度と鎖につなげなくなる。自分をコントロールできなくなる。

「やめてくれ」アイアスはきしるような声で言った。

「どうして？」

心にさまざまな思いが渦巻き、血が熱く沸きたって、アイアスは言葉が出なかった。すると、リアがてのひらを彼の胸にあてた。とたんにそこが燃えるように熱くなって、もう我慢できなくなった。彼は激しくリアを抱き寄せ、貪るようにキスをした。恐ろしいほどの欲望に身も心も支配され、目がくらむ。

だが、ぎりぎりのところでなんとか踏みとどまった。できることなら、自分から飛びこんでいきたかった。欲望に身を任せ、リアを道連れに、地獄までも落ちていきたかった。求めているものが手に入るならば。もう一度彼女を味わえるのならば。

アイアスは身を引いた。荒い呼吸に胸が大きく上下し、言葉が出ない。だから、ただ後ろを向いて立ち去った。胸をむきだしにしたリアを残して。

彼は途方に暮れていた。なんの計画もなかった。

10

アイアスはベッドの足もとに座って、両手でスカートフの両端を握っていた。これからリアとどうしていけばいいのか、午後じゅうずっと考えていた。彼女が妻であるという事実は変えられない。本当の結婚にすると約束してしまったことも。だがリアに触れられると……頭がまっ白になってしまう。

目標へ向かう道が見つけられなくなり、彼女のウイスキー色の目しか見えなくなってしまった。あの目は昔もぼくを誘惑した。そのときは無理やり目をそむけたが、今はすっかりからめとられて、どうあがいても自制心を保てずにいる。彼女を見つめることしかできないのだ。

触れられると抵抗できなくなる。だからそれをやめさせなければ。

自制心を失わず、状況をコントロールしながらリアの体を手に入れたい。そして悦(よろこ)びを分かちあいたい。たった一度ベッドをともにしただけで、もうリアにとりつかれている。

レイチェルとだったら一緒に眠ったかとリアはきいた。正直に言えば、一緒に眠ったと思う。レイチェルは、リアのように自制心を脅かさないから。それはずっと前からわかっていた。

リアが玄関から入ってきた。ビキニの上から薄布をはおっている姿を見て、アイアスは衝撃とともに悟った。リアだけがぼくのなかの怪物を呼び起こす。本当は昔からわかっていたのだ。

リアが薄布を寄せて胸を隠した。置き去りにしたときのままの姿で帰ってくるのではないかと彼はなかば期待していたが、やはりそんなことはなかった。

失望したことを、アイアスは自分に認めた。彼女がほしくないふりをしてもしかたがない。リアを心から求めているのだから。こんなにも何かを求めたのは初めてだ。ホルト社ですら、リアと比べればどうでもいい。

リアはぼくの長い禁欲生活を、自分がバージンであることと同じだと見なした。ふたりは同じものを分かちあっていると考えた。だが、ぼくのなかの闇は分かちあえない。

ぼくたちはまったく違う人間だ。ぼくを誘惑するとどうなるのか、リアにはわからない。そしてぼくのやり方にしたがえば、そのまま知らずにいられる。

アイアスは両方の拳にスカーフを巻きつけた。近づいてくるリアが薄布越しに見える。やさしく揺れる腰を見ていると、欲望が高まってきた。

「どこにいたんだ?」

「どうしてそんなことを気にするの?」

「夫だからだ」ふさがりそうな喉から声を出す。

「へえ、そう。でも、都合のいいときだけ夫にはなれないのよ。置き去りにしておいて、そのあとわたしが何をしていたか知りたがるなんて」

「大丈夫だったか？」

「ええ。あなたなしで二十三年間生きてきたんだから、これからも大丈夫よ」

「教えてくれ、リア。あれだけのことを知っても、まだぼくがほしいか？」

リアが顎をあげた。「ええ」

「ぼくに何を期待しているか、正確に言ってくれ」

「もう言ったわ」

「きみの条件をもう一度聞きたい」もう一度確認したかった。自分の耳で。

「毎晩一緒に眠ること。子供。そして、わたしの事業を最優先でサポートすること」

アイアスはスカーフがぴんと張るまで、拳を両側に引いた。「取り引き成立だ」

「それで、わたしは何をさしだせばいいの？　魂かしら？」

「魂じゃなく、きみの体がほしい」

「あげたでしょう。惜しみなく」

「ぼくが言うとおりのやり方で与えてほしいんだ」

「どんなやり方？」リアの声が震えた。

「ベッドの上では、きみからぼくに触れてはいけない」

「そんなの不可能だわ」

「そんなことはない。きみに触れられるとぼくは自制心を失ってしまう。それでは困るんだ」

「いい方法があるの？」

「きみはぼくの邪悪さに対処できると言った」アイアスはスカーフを両手に巻きつけたまま立ちあがった。

リアの目がスカーフに落ちる。彼女はゆっくりと唇を舌で湿らせた。「あなたはわたしに暗い部分を見せてくれるつもりなの？」

「違う。暗い部分からきみを守るつもりなんだ」

「どうやって？」

「自分をコントロールすることで」

「どれくらいコントロールするの？」

「完全に。だからきく。ベッドではぼくに支配権を明け渡してくれるか？」

リアの頭のなかで鼓動が大きく響いた。体じゅうが震えだす。どうしたらいいかわからない。アイアスが見知らぬ人間に変わってしまった気がする。

「どうしたいのか言って」彼の望みは本能的にわかっていたが、それでもリアは尋ねた。

「きみの手を縛りたい」

「それでどうするの？」

「きみが何も考えられなくなるまで悦びを与える。それからきみのなかに入って、ぼくも悦びを得る」


今リアの目の前にいるのは、完全に見知らぬ男性だった。彼のなかにこれほど生々しく官能的な部分があるなんて。アイアスのこんな一面を目にしたのはおそらく自分だけだと、彼女は気づいた。

たぶん彼自身も知らなかったにちがいない。娼婦との経験しかなかったというのだから。

わたしが引きだしてしまったのだ。

わたしは長いあいだアイアスに焦がれてきたけれど、彼はわたしの心を打ち砕いた。女性として意識しないことで。レイチェルを選び、婚約したことで。結婚しても頑なに愛情を否定することで。

だから、わたしを意のままに支配して欲望を満たしたいというアイアスの望みを、拒否できなかった。

リアにはわかった。アイアスが縛りたがるのは、わたしが彼の自制心を脅かすから。わたしに力があるからだ。

アイアスがわたしを愛してくれることは、けっしアイアスにとらわれるのならかまわない。

「もう一度言ってくれ」彼がスカーフの両端を結びながら言った。

「わたしを奪って」

「その理由は？」

「あなたがほしいから」理由はわからないけれど、アイアスにはこの言葉を聞く必要があるのだ。

「ベッドへ行くんだ」

リアはベッドの端に座った。縛られた両手を膝の上に置く。アイアスは手の甲で彼女の頬から顎を撫でた。そしてビキニのトップスの紐を手際よくほどき、上にはおっていた薄布と一緒に床へ落とす。

腰から上をさらしたリアの姿を目にして、彼の目に飢えたような光が宿った。「十八年間禁欲していた男に何ができるか見せてやろう」

アイアスに胸の先端を強く吸われると、彼女は何も考えられなくなった。目を閉じて、体の深いところで感じる欲望に身を任せた。てないだろう。昔想像していた彼と本当の彼がつながることは絶対にない。あまりにも違いすぎる。

それなら、手に入るものだけを楽しめばいい。長いあいだアイアスだけを思ってきた見返りを、少しでも受けとればいい。彼への思いは、これまでわたしの人生の大きな部分をしめてきたのだから。

ある意味、アイアスはわたしに借りがあるのだ。体を意のままにする権利を彼に与えて、借りの一部だけでも返してもらおう。自分を守ろうとばかりしていては、何も手に入らない。

アイアスが愛してくれることはない。だから自分も彼を愛さないように気をつければ、きっと心を守れる。悦びをただ受けとって、楽しめばいい。

リアは両手をさしだした。「好きにして」

アイアスの目が黒い炎のように光る。彼は自分の手からスカーフをはずして、リアの手首に巻きつけた。彼女は抵抗しなかった。自由なんかほしくない。

ろを熱くするこの感覚だけに浸りたい。だが、リアは目をつぶらなかった。空想のなかでしか触れてくれなかったアイアスが、自分に悦びを与える姿を目に焼きつけるために。

次に彼はひざまずいてボトムスの紐をほどき、床に落とした。「脚を開いて」

リアは言われたとおりにした。アイアスが彼女の腿のあいだに体を置き、感じやすい肌にキスをする。リアは体じゅうが熱くなり、思わずあえいだ。

「横になるんだ。両手は頭の上にして」

リアは彼の指示どおり手をあげた。するとアイアスはベッドの縁から垂れていた彼女の脚を肩にのせ、あらわになった敏感な場所に口をつけた。激しい衝撃と悦びがリアの体を引き裂く。それなのに彼に触れることができない。手は自由を奪われている。彼女の心と同じように。

リアは絶頂の淵(ふち)まで押しあげられ、早く解放してほしくてすすり泣いた。

アイアスが姿勢を変え、今度は指を彼女にさし入れた。リアの体がショックにこわばる。今にも達してしまいそうなのに、そうさせてもらえない。

「アイアス、もうだめ。耐えられない……」

「耐えられるさ」彼は指と一緒に舌を動かした。

リアは身をよじった。ああ、もう我慢できない。

そのとき、アイアスが突然体を引き、リアは満足できないまま取り残された。彼がベルトのバックルに手をかける。

リアは今にも死んでしまいそうだった。アイアスに触れ、味わいたくてたまらないのに、味わわせてもらえない。

彼はじらすようにベルトをとり、ズボンのボタンをはずしてファスナーをおろした。シャツを脱ぎ、ズボンと下着をおろす。すばらしい体があらわになった。

リアはもう、自分に力があるとは思えなかった。でも代わりに、最高の悦びを与えられていた。主導権を失ってもいいと思えるほどに。

「気に入ったかい?」アイアスがきく。

「とても」リアの声は震えていた。

「準備はいいか?」

「よくないわ。わたしも……あなたを味わいたい」

「だめだよ、愛する人(アガペ)。ルール違反だ」

「ルールを破りたいの」

「守らないなら、これ以上進まない」彼は通告した。

リアは息がとまった。「そんな」

「守れるか?」

「ええ」彼女は鋭く息を吸いこんで答えた。

アイアスの手は昨晩ほど震えていなかった。彼が指先でリアの頬骨をかすめる。今の状況を考えれば、驚くほどやさしいしぐさだった。

アイアスが彼女の体を力強い両腕で囲う。リアは深く息を吸いこんだ。驚くほど心が安らいでいた。縛られていることも、何もかも頭から消えていく。

「今すぐ来て」

「だめだ。指図することは許さない」アイアスがじらすように体を動かす。

リアは思わず息をのんで、体を弓なりにそらした。

「お願い」

「ああ、その言い方ならだいぶいい」そう言うと、彼は腰を押しつけた。

「お願い」リアはもう一度懇願した。

アイアスがゆっくりと彼女のなかに入ってきた。リアはほっとして、目に涙がこみあげた。やっと解放してもらえる。

リアはもう、何も考えられなかった。彼の体が刻むリズムとキスで頭がいっぱいになる。血が体を駆けめぐる音が耳の奥で響き、悦びがふくれあがって、とうとう耐えられなくなった。

「お願い」今度はほとんど声にならなかった。

アイアスは最後に力をこめてリアのなかに入り、彼女と同時に絶頂に達した。

しばらくしてリアがわれに返ると、まだ両手をあげたままだった。これではしびれてしまう。

「ほどいてくれる?」彼女は頼んだ。

アイアスが素早く体を起こし、スカーフをほどいて立ちあがる。まるで何かを恐れるかのように。

「仕事がある」彼は昨日と同じことを言った。「終わったら一緒に眠るよ」

リアはベッドに横たわって手首をさすった。アイアスが裸のままリビングルームに向かうのを目で追う。ソファに座って腿の上に肘をついた彼を見て、リアは悟った。アイアスはあれこれ要求したけれど、結局、何も変わらなかった。

彼は今の自分から、慎重に過去を切り離している。長いあいだアイアスを知っているのに、わたしは彼の心の闇に一度も気づかなかった。

アイアスが貪欲に成功を追い求める姿勢を目にしてきたが、何が彼を駆りたてているのかは知らなかった。アイアスは常に前をめざしていたが、それは後ろにあるものから逃げるためだった。

暗い闇から。

今はそれがはっきりとわかる。彼の目を見ればわかる。リアは、逃げ続けることにアイアスがいつか疲れてしまうのではないかと心配だった。ああ、わたしの鎧(よろい)を彼にあげたい。彼を助けるためなら、自分の心はむきだしになってもいい。

だが、どうすれば闇をくいとめられるのか、リアには見当もつかなかった。

11

ハネムーンはあっというまに終わった。ふたりは毎晩ベッドをともにした。アイアスは必ずリアの手首を縛り、彼女が想像もしなかった快楽の世界へと導いた。

しかし、昼間のふたりの距離は縮まらなかった。それどころか、リアは以前よりも彼を遠く感じた。

飛行機がニューヨークの空港におりた。目を閉じると、セントルシアでの日々が心に浮かんでくる。

リアはうつ伏せになり、ベッドの支柱に手を縛られていた。明かりは蝋燭(ろうそく)だけ。アイアスが彼女の背中に手を滑らせ、腰をつかんで深く入ってくる。そして、欲望にかすれた声で、どんなに気持ちいいかささやくのだ。

彼女は目を開けて窓の外を見た。滑走路も地平線も空も寒々としたグレー一色だ。

「戻ってきたのね」リアは言った。飛行機がとまるのを待ち、立ちあがってのびをする。

「ずいぶんうれしそうだな」

「うれしいもの」本当は違うけれど。

リアは落ち着かなかった。まるで他人としゃべっているような気がする。この一週間、毎晩熱く官能的な時間を過ごした男性とは思えなかった。アイアスはわたしの夫だ。間違えるはずがない。でもどう見ても今、目の前にいる彼は、一緒に夜を過ごした男性ではなかった。

アイアスに触れたい。でもそれは許されていない。

リアは体の脇で拳を握った。彼の命令にしたがったのではない。自分を抑えられることを確認しただけだ。

アイアスを求めるあまり、奴隷のようにはなりたくない。彼とのあいだに愛はないとわかっていた。時がたてばたつほど、彼には人を愛せるのかどうかわからなくなった。

彼を知れば知るほど、怖くなった。

もうずいぶん長いあいだアイアスを知っている。彼はまじめで勤勉な人だとずっと思っていた。でも夫となったアイアスは、冷淡でいつも怒っている。愛人としての彼は、主導権を握りたがるけれどやさしくてセクシーだ。でも、人間としてのアイアスは……わからない。知っていると思っていた彼は幻想だった。自分には想像もつかない世界を逃げだした少年がつくりあげた仮面だった。

わたしは昔、それを見抜けなかった。ハンサムなルックスとやさしい物腰に目がくらんでいた。アイアスは過去を語らなかったし、自分もきかなかった。知らない部分は勝手に想像し、見たいものだけを見ていたのだ。

そのころは、アイアスが心を閉ざし、無表情な目を向けるなんて、想像もしなかった。彼にベッドの上で手を縛られるなんて、思いもよらなかった。アイアスは容赦なくわたしを奪い、肉体的な意味ではわたしに気前よくすべてを与えてくれる。けれどその目に感情はない。わたしを締めだしている。

縛られるのは、けっしていやではなかった。むしろ、彼に支配されていると思うと興奮を覚える。もしこれが単なる恋人同士のゲームなら、なんの不満もないだろう。

でも、アイアスはゲームで縛っているわけではない。自制心を保ち、わたしと距離を置くためだ。

こんなやり方では、アイアスと対等とは言えない。彼に何も返してあげられないのだから。

昔と同じだ。昔はわたしが一方的にしゃべっていた。今はアイアスが一方的にしゃべっている。体を使って。手を縛られ、何もできないわたしの傍らで。

彼はわたしに何もさせてくれない。彼がひとりで自分の望むことだけをしている。たとえその結果、わたしが次々と目もくらむような絶頂を得ていようと、根本が間違っている。

こんなに途方に暮れたのは、生まれて初めてだった。アイアスと結婚したのに、実は彼をまるで知らなかったとわかった。夢見ていた甘い愛は煙のように消えてしまったというのに、これからの人生を彼と歩まなくてはならない。

アルコールにでも逃げたい気分だった。

でもこの一週間、避妊をしなかった。お酒なんて飲んでいる場合ではないかもしれない。それにしても、先を考えない行動は慎まなければ。彼は子供をほしがっているし、自分でもほしいと思うけれど、今のように心が混乱しているうちは早すぎる。

携帯電話が鳴り、見るとメッセージが届いていた。

「店に行かなくちゃ。かまわない？」

「緊急事態なら、もちろん行くべきだ」

アイアスが店を気にかけてくれていると感じて、リアの孤独感は少し和らいだ。「緊急事態というほどじゃないけど、マネージャーがわたしにチェックしてほしいものがあるそうなの。でも……ありがとう」

「当然のことさ。ぼくも出資しているんだから」

そういうことなのね。「ええ、たしかに」

わたしはアイアスを愛してはいないかもしれない。でも夫婦としてベッドをともにするのだから、彼とのあいだにささやかでも心のつながりがほしかった。アイアスはずっと家族同然の存在でもあった。本当は彼について何も知らなかったのだけれど。

昔は、アイアスと一緒になれば問題はすべて解決すると思っていた。でも一緒になった今、彼は新しい問題をもたらすばかりだった。

店に入ると、リアは裏のオフィスへ行ってしまった。残されたアイアスが立っていると、赤と白のストライプの制服を着た十六歳くらいの店員が笑顔で近づいてきた。

「〈リアズ・ロリーズ〉へようこそ」少女の店員は制服と同じ色のロリポップをさしだした。

「いや、けっこうだ」

店員は断られてがっかりしたようだったが、アイアスは普段キャンディを食べなかった。昔はリアを傷つけたくない一心で食べていたのだ。

それなのに、今は彼女を傷つけてばかりいる。

「代わりに赤いキャンディはあるかな？」

「山ほどありますよ。シナモン味にします？　それともフルーツ味がいいですか？」

「フルーツ味がいいな」

「こちらへどうぞ」

アイアスはチェリー味を選んだ。それを見ると、〈リアズ・ロリーズ〉の店内は色であふれていた。床はゲーム盤に見たてられていて、タイルをつなげてつくったさまざまな色の線が、あちらこちらへとのびている。行きたい場所の色をたどれば、迷わず行きつけるというしくみだ。ある線はお菓子の森へと続いていて、そこにはあらゆる種類のミントが敷きつめられ、巨大なステッキ型キャンディが立ち並んでいる。チョコレートの洞窟まであって、なかには季節ごとにとり換えられるチョコレートの彫刻と、三百種類にものぼるチョコレートが置かれていた。

アイアスは、これほどばかばかしくて軽薄な場所に来たのは初めてだった。それなのに、なぜか元気が出た。

ここにあるのは人間の欲望を満たすものだ。でも自分の見てきた陰湿な欲望に比べれば、少し糖分をとりすぎるくらい罪がないように思えた。

リアの赤い唇を思いだしたからだ。

それにビキニの色でもあった。

支払いをすませた直後にリアが戻ってきたので、アイアスは上着のポケットにキャンディをしまった。

「退屈しちゃった？」リアがきいた。

「ここでは誰も退屈しないよ」

「わたしもそう思うわ」彼女が夢見るような笑みを浮かべる。「でも今、気に入っているのはフランスの店。ベーカリーなのよ。ずらりと並んだありとあらゆる色のマカロンを見てほしいわ。毎日昼には売り切れるんですって」

リアの顔を見れば、自分の店を愛していることがよくわかる。アイアスはうらやましかった。

そんなふうに何かを愛するというのは、どんな感じがするものなのだろう。これほどの情熱を、仕事や人生の何かに傾けるというのは。

ぼくにはわからない。おそらくこれからもわからないだろう。ぼくは心を縛り、情熱を封印して生きるしかないのだから。

リアとベッドをともにするとき以外は。そのときは、代わりに彼女が縛られてくれる。

そうやって今はなんとか情熱を封じこめている。危ない橋を渡っているとわかっていてもやめられなかった。

本物の結婚にすると約束したからではない。リアに触れ、味わわずにはいられないからだ。

リアは昔も今も、ぼくの心のうちに入るすべを知っている。その事実が、ぼくが長年努力して築いたものを脅かしている。ぼくを闇の世界に引き戻そうとしている。情熱にわれを忘れさせようとしている。生きる価値のない男に身を落とさせようとしている。

そう思うと、怖くてたまらなかった。それでも昼間は、冷静な自分に戻れる。夜もリアの手を縛れば、かろうじて自制心を保てた。

アイアスはポケットのなかのキャンディに触れた。なぜこんなものを買ってしまったのだろう?

だが、彼はその疑問を脇に押しやった。今は考えなくていい。すべてがうまくいっているのだから。美しく刺激的なリアと、心をしっかりとガードしたまま毎晩ベッドをともにできている。ぼくの仕事に理解があり自ら会社も経営する妻のおかげで、クリストフィデスのたくらみをくじき、ホルト社を継ぐこともできた。

「もう帰れるのか?」今夜はどうやってリアの手を縛ろうかと考えながら、アイアスはきいた。彼女がほしくてたまらなかった。

「ええ。あなたが何も買わなくていいなら」

キャンディを買ったことをなぜか話したくなくて、彼は肩をすくめた。「何もいらないよ」

「そう。わかったわ」

寄りそうこともなくふたりが店の外に出ると、カメラのフラッシュが光った。強い光にアイアスは目がくらみ、何も見えなくなった。

「一週間どこで過ごしたんですか?」その叫びを皮切りに、リポーターたちが次々と質問を浴びせた。

「アイアス! 前の婚約者は別の男性のもとに走ったという話がありますが、本当ですか?」

「アイアス! なぜ偽装結婚をしたんです?」

「リア! 〝身代わりの花嫁〟になった気分は?」

アイアスはリアの腕をつかんで引き寄せた。「質問はなしだ」そう言って、彼女を車まで導く。

彼はこれほど大勢のマスコミにとり囲まれたのは初めてだった。結婚の経緯を考えれば注目されて当然だが、マスコミの寵児(ちょうじ)であるレイチェルがかかわっていることで、とりわけ騒ぎが大きくなった。

アイアスは急いでリアをリムジンに押しこんだが、そのあいだも質問は飛んできた。

「白鳥の代わりに醜いあひるの子を手に入れた気持

ちは？」

彼はドアをたたきつけるように閉め、運転手に車を出すよう命じた。走りだした車のなかでマスコミをののしる。

ようやく目が見えるようになると、アイアスはリアに視線を向けた。涙が彼女の頬を伝っている。リアは無表情のまま声もあげずに泣いていた。

アパートメントに着くと、彼女は車がとまりきらないうちに車をおりた。

アイアスはあとを追った。「リア」

「やめて」彼がセキュリティコードを打ちこむのを待って、リアは先にたって進んだ。

「あいつらが言ったのは……」

「本当のことよ。わたしは身代わり。それでもいいと自分で選択したの。こう言われるのは覚悟していたわ。実際に聞くとやっぱりつらいけれど」

「そうだろうな」アイアスは彼女に続いてエレベーターに乗りこんだ。「絶対に記事にはさせない」

「今度はマスコミをコントロールするつもりなの、ダーリン？」リアが冷ややかにきいた。

「ぼくにはコネがある。やつらが書くのは、他人の不幸を喜ぶしか能のない人間に向けた下劣な記事だ。なんとかして、さしとめてみせる」

「記事にならなくても事実は事実よ」リアが涙をぬぐいながら言った。「あなたはレイチェルがほしかったのに、わたしで我慢しなくてはならなくなったんですもの」

「ぼくはレイチェルを愛してはいなかった」

「でもレイチェルをほしいと思ったんでしょう」

アイアスは、レイチェルとベッドをともにしているところをどうしても想像できなかった。リア以外の女性などあり得ない。目をつぶれば、マホガニー色の巻き毛を枕の上に広げ、両手を頭の上にあげたリアの姿が浮かぶ。

「今はほしくない」以前だってほしかったのかどうか疑問だ。

「そうはいっても、わたしはやっぱり〝身代わりの花嫁〟。これってとても人の興味を引く言葉よね」

「ぼくは……」

「どうするというの、アイアス？　マスコミを脅して撤回させる？　そんなことをしても意味ないわ」

アイアスが手をのばしてリアの顎を包んだ。「意味はある。やつらにきみを傷つけさせはしない」

「どうして？　あなた自身が傷つけているのに」

彼の手が脇に落ち、リアの胸に冷え冷えとした感覚が広がった。

彼女はエレベーターをおり、玄関のドアの前でアイアスを待った。ロックが解除されると、さっさとリビングルームへ向かう。「だからほうっておいて。もう寝るわ。今夜は義務を免除してあげる」

「義務って……なんのことだ？」

「毎晩ベッドをともにする約束のことよ。今夜はそんな気になれないから」

「どうして？」アイアスは今の状況にどう対処すればいいかわからなかった。店にいるときのリアは、もっとリラックスしていて、以前の彼女に近かった。

でも今はまたガードをあげ、分厚い壁の向こうに隠れてしまっている。どうすれば彼女の心に触れられるのか、見当もつかない。

「フラッシュを浴びたせいか、頭が痛いのよ」

リアが出ていくと、アイアスはバーコーナーへ向かった。そこには来客用にいろいろな酒をそろえてある。でも実は怪物を挑発し、自分が耐えられることを確認するためだと彼にはわかっていた。

今夜は……もう少しで誘惑に屈しそうになった。

アイアスは歯を嚙みしめて背を向けた。自分には自制心がある。リアでさえ、それは奪えない。

12

翌日、リアは一日じゅうひどい気分だった。マスコミに投げつけられた質問は、彼女の不安をそのまま言葉にしたものだった。世間は自分を劣った存在と見なしていると、あらためて思い知らされた。夫はリアなどほしがっていないと彼らは確信している。

実際、アイアスとうまくいっているとは言えなかった。彼との言いあいばかりが頭に浮かび、リアの気分は悪くなる一方で、ベッドでの相性がいいことは思いだしもしなかった。

アイアスが帰宅したとき、リアは夕食をつくろうと冷凍庫をのぞいているところだった。

「リア、まだ何も食べていないといいんだが」

「食べていないから、冷凍庫をチェックしているんじゃない」

「この家には買い置きはないんだ。しょっちゅう来るわけじゃないから」

「そうみたいね。ピザでも頼む？」

「いや、外へ行こう」

「どうして？」

アイアスは新聞の社交欄を見せた。昨日の晩〈リアズ・ロリーズ〉の外で撮られた写真が載っている。ふたりは険しい顔をして、離れて歩いていた。こんな写真を撮られたのは、自分に触れないようリアに求めたせいだと、彼は責任を感じていた。

「〝ホルト家の女相続人が新しい恋人と楽しむなか、アイアス・クーロスと身代わりの花嫁には早くも隙間風〟まったくすてきな見出しだこと」リアは鋭く息を吸いこみ、まばたきをして涙を押し戻した。

「ホルト家の女相続人はレイチェルだけじゃないの

に、わたしは〝身代わりの花嫁〟というひと言で片づけられるなんて……」

「だから外に出るんだ。一緒のところを見せる必要がある。ぼくたちの結婚を茶番扱いされたくない」

「わたしたちの結婚は茶番よ、アイアス」

アイアスは彼女の腕をつかんで引き寄せた。「本当にそうか？　親密なときもあるじゃないか」

「ベッドでのゲームみたいな行為だけでしょう」

「そんなふざけたものじゃない。まったく違う」

「そういう意味で言ったんじゃないわ。わたしが言いたいのは、ベッドの上でもあなたは本当の自分を見せないということ。だから本当に親密になんてなっていない。あなたがつくったルールにしたがってプレイしているだけよ」

「きみのためだ」

「そう？　何がわたしのためになるか、なぜあなたにわかるの？」

「きみは関係ない。全部ぼく自身の問題なんだ」

「どういうこと？」

「なぜぼくが十八年近く禁欲してきたか、知りたいか？　自制心を保つことにこれほどこだわり、きみの手を縛る理由を教えてほしいか？」

「ええ」リアはそう答えたが、聞くのが怖かった。

「十六になった夜、少女をレイプしかけた」

リアの全身から血の気が引いた。「そんな……信じられないわ」

「本当さ。母親は誰かわからないし、父はぼくに注意を向けたことがなかった。ぼくは誰にも顧みられずに育ったんだ。だが十六歳の誕生日は違った。父はパーティを開き、ドラッグをたっぷりくれたんだ。ドラッグはそれまでにもやったことはあった。まわりにいくらでもあったからね。だがその晩、父はぼくもそろそろ組織の商品についてきちんと理解しておくべきだと判断した。いつかぼくが組織を継げるように」

「それで？」

「ぼくは完全にハイになった。あれほどの量を摂取したのは初めてだったよ。パーティには女たちが呼ばれていた。そのなかにセリアがいたんだ。父は彼女とぼくを部屋に閉じこめた。彼女はぼくと寝るために金をもらっていたから、当然そういう行為になった」

セリアの服を破いた場面がよみがえる。彼女は悲鳴をあげ、ぼくを殴った。急に意識がはっきりしたぼくは、自分のしようとしていることに気づいた。少女を犠牲にして自分の欲望を満足させるところだったと。

そのとき初めて、自分以外の人間にも感情があると気づいた。それまでは誰も教えてくれなかった。だから父の屋敷では、必要なものやほしいものを、ひたすら自分の欲望や欲求のまま手に入れていた。

それなのに突然、ひとりの少女の涙が、物事には結果が伴うという事実を突きつけた。自分が人生を謳歌することには、重い対価があるのだと。

「でも、あなたは踏みとどまったんでしょう？」

「それですまされることじゃない。彼女は恐怖におののいて泣いていたのに、ぼくは自分の欲望に夢中で何も見えていなかったんだ」

「ドラッグのせいよ」

「言い訳にならないよ、リア。そんなものはやらなければよかったんだ。少女と寝るのを拒否するべきだった。父はなんと言ったと思う？」

リアは知りたくなかった。「なんて言ったの？」

「〝やっちまえ。その娘はバージンだ。きっと気に入るぞ〟」

「まあ」リアはささやいた。アイアスもその少女もあわれでならなかった。

「ぼくと同じ十六歳だったと、あとで知った」

「どうしてわかったの？」

「しばらくぼくは、セリアと一緒にただ泣いていた。だがドラッグが抜けると、彼女を連れて逃げて家まで送っていったんだ。セリアは娼婦じゃなかった。誘拐されたんだ。だが、警察へは行けなかった。警官は父に買収されているから。それに裏切れば……父はぼくを殺しただろう。セリアのことも」

「なんてひどい話なの。あなたをそんな環境から救いだしてくれる人は誰もいなかったのね」

「ぼくや父がいなければ、セリアはあんな目にあわずにすんだんだ」

「あなたが彼女を助けたのよ」

「ぼくをヒーローにしたてあげるな。ぼくは人として最低限の行動をとっただけだ。もう二度とあのときの自分には戻りたくない。世の中のすべては自分のためにあるとうぬぼれていた自分には。自制心のかけらもなく、ひたすら欲望を追求していた自分には」

「だからあなたは、刺激されすぎたらわたしを傷つけてしまうと思っているのね」

アイアスは大きく息を吸って、彼女を見つめた。

「そこが問題なんだ。どうなってしまうか、自分でもわからない。そしてぼくは、きみを危険にさらしてまでどうなるか試してみるつもりはない」

「だからずっと禁欲してきたの？」

「一方が搾取するようなセックスは、もう絶対にしたくない。対等の関係でお互いに望んでいると確信できなければ、いやなんだ。だから結婚したかった」彼の顔が青ざめた。「もしかしてぼくは、意に染まないことをきみに強いているのか？」

リアは顎をあげた。アイアスのくぐり抜けてきたことを思って心が引き裂かれているのを悟られてはならない。彼は自分のなかには怪物がいると思っている。それどころか、自分は怪物そのものだと思っているのかもしれない。

「アイアス、ベッドをともにしてと頼んだのはわたしよ。あなたはわたしが望まないことは何もしていないわ。手首を縛るのもわたしが許した。わたしはあなたの言いなりになるほど弱くないつもりよ」

「だけど、きみを傷つけてしまうかもしれない」

リアは首を横に振った。「そうはならないわ。あなたは……セリアとのことがなかったら、今のあなたになっていたと思う？」

「何が言いたいんだ？」

「急に物事がはっきり見えて自分がどんな人間か悟ったあの出来事がなくても、あなたは変われたかしら？」

「わからない……」

「あなたのお父さんは、今どうしているの？」

「刑務所にいる。ぼくがありとあらゆる手を使って逮捕に追いこんだ」

「女性たちはどうなったの？」

「父のコンピュータを調べて、警察が助けだした」

「あなたのおかげよ」

「違う」

「自分を罰したいの？」

「罰してなんかいない。まわりの人たちを守りたいだけだ」アイアスがリアを見た。「だが、きみの身の安全を守れないかもしれないと思うと怖い」

「わたしは自分で自分を守れるわ。それに、自分のほしいものはわかっている」

「何がほしいんだ？」

「ぶどうの葉のごはん包み（ドルマデス）。ギリシア料理が食べられる場所へ連れていって」

アイアスは心に穴が空き、いつものように感情を封じこめることができなかった。リアに過去を告白したときのアドレナリンが、まだ体を駆けめぐっていて、夕食をとってもそのときのつらさはいっこうにおさまらなかった。

ぼくの過去は醜い。地獄に落ちても当然なほどに。

ふたりが出かけたこぢんまりとしたレストランは、セレブ御用達の店だった。そこならマスコミに遭遇する可能性が高かった。

「踊ろうか？」ステージのそばにダンスフロアがあり、カップルでこみあっている。新婚夫婦ならそこに加わるべきだとアイアスは考えた。

「ダンスはしないいんじゃなかったの？」

「きみは踊りたいのか、踊りたくないのか？」

リアは頭を傾けた。「踊りたいわ」

「よし」アイアスは立ちあがって手をさしのべた。「銃殺隊の前に向かうような顔はしないでくれよ」

リアは微笑んだ。「冗談を言っているつもり？」

「そうさ。うまくいったかな？」

「まあまあね」リアが手をとるとアイアスは握り返し、彼女の柔らかくあたたかな感触を味わった。

そのときになって初めて、彼は踊り方を知らないことを思いだした。「ダンスは初めてなんだ」

リアは片手でアイアスの手を握り、もう片方の手を彼の肩に置いた。「まさか。だってレイチェルといろんなパーティに行っていたじゃない」

「きみに言ったのと同じことを、彼女にも言った。ダンスはしないと」

「それならなぜ、急に踊ることにしたの？」

「きみが正しいと思ったからだ。マスコミにのりこんで、おまえたちを殺すと脅すわけにはいかない」

「そうね」

「それに、記事もさしとめられない。だが噂を消すための努力はできる。きみが〝身代わりの花嫁〟だなんて言われないよう、なんでもするつもりだ」

「でも、実際そうだもの」

「ぼくとレイチェルは、お互いを本当には知らなかった。レイチェルは体裁を保てれば満足で、ぼくもそのほうがよかった。だがきみのことは、今少しずつ知り始めている。そしてきみは……世界じゅうの誰よりぼくをよく知っている」

「本当？」彼女の声はくぐもっていた。

「ああ。昔からそうだった。きみはいつもぼくについて回っていただろう？　覚えているかい？」

リアは震える声で笑った。「ええ、もちろん」

「きみはいつもキャンディをくれたね。ぼくはそれを見ると、ぼくを思ってくれている人がいると感じられた。今のきみは、ぼくの過去を知る唯一の女性だ。大人になってからベッドをともにした唯一の女性でもある」

「そうみたいね」

「大人になったきみは平気でぼくを怒鳴りつけ、容赦なくプライドを傷つける。だが、そんな女性に成長したきみを知って、ぼくは……きみ以外の女性など考えられなくなった」

「本当にそうなの？　ほかにぴったりな人がいないからじゃない？」彼女が頭をあげてアイアスを見た。

「わからない。だけど、ぼくたちは一緒にいる」

「結婚して三週間もたつのに。すごいことね」

「本物の愛がどういうものか、ぼくにはわからない。これからもわからないかもしれない。前に愛だと思ったものは、都合がいいからそう思っただけだった。自分が人を愛せるか自信がない。父は金と権力しか愛さなかった。ぼくはその父に後継者として育てられ、自分を神と思い、欲望を追求することを教えこまれた。だけど怯（おび）えるセリアの顔を見たら……」何年もたつのに、思いだすだけで胸がつまった。「あのとき初めてぼくは自分以外の人に目を向け、彼らにも感情や希望や夢があると気づいた。そして、自分にはそれらをたたきつぶす力があると知ったんだ」アイアスはさらに続けた。「そんな当然の事実に、ようやく思いいたった。それ以来、二度と人を傷つけないように自分の望みや欲望をコントロールしてきた。だから夫として完璧ではなくても、きみを傷つけるようなまねだけはしない。きみの望まないことはしない」

リアの心臓は激しく打ち、手は震えていた。床に崩れ落ちないように、彼をきつくつかむ。アイアスは心のうちを見せ、絶対に傷つけないと約束してくれた。その事実が彼女の心の壁を突き崩した。

頑なに自分を見せない男性との結婚がどれほどわたしを傷つけるか、彼にはわからなかったのだろうか？　アイアスがひとりで内なる悪魔と闘うのをただ見守っているのは、つらかった。本当は悪魔などいない。彼は自分を相手に闘っているだけなのだ。欲望に屈しまいとして。

リアはアイアスの目を見つめた。彼の情熱、命の炎が体の奥深くに閉じこめられ、自由を求めて悲鳴をあげているところを思い浮かべる。

わたしはずっと、アイアスに憧れてきた。彼はすべてを備えた完璧な男性に見えた。でも、わたしは本当のアイアスを知らなかった。

過去に根ざした彼の闘いがどんなにつらく厳しいものか、まるで気づかなかった。アイアスは毎日、人並みはずれた努力で自分を律している。

わたしは昔、勝手につくりあげた幻を愛した。今、目の前にいるのは本物のアイアスだ。彼は心の一部を見せてくれたけれど、もうそれだけでは満足できない。アイアスのすべてがほしい。すべてを知りたい。彼自身が知らないことまで。

そのとき、リアは突然気づいた。わたしはうまくいく可能性がないと勝手に決めつけ、あきらめてしまっていた。アイアスが自分を愛してくれることはない、彼には人を愛する能力がないという現実に甘んじようとしていた。アイアスを愛して無防備な自分をさらしてはならない、愛を得られないなら相手にも与えまいと考えていた。

わたしは自ら妥協したのだ。本当は彼の愛をほしがっていると自分に認めるのが怖くて。傷つく危険を冒すのがいやで。

アイアスは本当の自分を閉じこめ、否定するように生きている。でも、守りをかためているのはわたしも同じだ。わたしのなかにも、外に出たいともがいている自分がいる。

そしてその閉じこめられたわたしは、心が傷つく危険を冒してもすべてを求めるべきだと信じている。自分自身の幸せのために、アイアスの幸せのために。

リアは勇気を振りしぼってきいた。「じゃあ、もしちゃんとわたしを知っていたら、レイチェルではなくてわたしにプロポーズしたということ？」

「そうだ」アイアスがゆっくりとうなずいた。

彼女は息を吸いこんだ。「わたしはわからないわ……イエスと答えたかどうか」

彼は眉根を寄せた。「なぜだ？」

今こそガードをさげなくてはならない。アイアスを変えられると信じて。自分は身代わりではないと信じて。「アイアス、あなたはわたしのことを知り始めていると言ったけれど、わたしは本当のあなたを知るチャンスを与えられていない。ベッドで自由にあなたの体を探ることすらできない。結局は……あなたも本当のわたしを知らないのよ。枷(かせ)をはめられたわたししか知らないんだから。あなたが後生大事にしている自制心を保てるように、ルールを守らされているんだもの」

「きみに枷をはめたいわけじゃない。自分が暴走するのを抑えたいだけだ」

「そうはいっても、わたしを鋳型にはめていることには変わりないのよ。あなたが望み、必要としているわたしに無理やりしているんだわ。これじゃあ、

命令にしたがってくれる女性なら誰でもいいという
ことでしょう」
「きみはぼくに鋳型にはめられていると感じている
んだね。ぼくのせいで思っていることも言えないと
いうわけか？　いつも容赦なくぼくをやりこめてい
るのに」
たしかにいろいろ言った。アイアスを遠ざけて自
分を守るために。彼の意図をくじくために。でも、
今は違う。リアはダンスをやめ、両手で彼の顔を包
んだ。アイアスもけげんな顔をして動きをとめる。
そんな彼を見ると、いとしい気持ちが湧きあがった。
「ごめんなさい。あなたに傷つけられたとき、悲し
むより怒鳴り散らすほうが楽だったの。でも今夜は、
そういう態度は控えるわ。ずっとは無理だけど。そ
の代わり、見返りがほしい」
「どんな？」
「わたしのルールにしたがって。今夜だけ」
「ぼくの過去を全部聞いたのに？」
「自制心を失ったら、あなたはわたしを傷つける
の？」
アイアスの目に恐怖の色が浮かぶ。「わからない」
「わたしにはわかるわ。あなたはわたしを傷つける
ような人じゃないって。男たちが女性を傷つけるの
は、欲望のせいでも、女性の魅力に自制心を失った
からでもない。そういう男たちは、傷つけること自
体を楽しむの。自分の力を実感したいのよ。でも、
あなたは違う」
「リア……」
「いい？　今夜だけは、あなたではなくわたしがル
ールを決める。初めてダンスだってしたじゃない。
もう少しだけがんばって。きっと楽しめるから」
「どんなルールなんだ？」かたい表情で彼がきく。
リアはアイアスの耳もとに唇を寄せてささやいた。
「そうね、まず手は縛らないわ。でも十年間妄想し

てきたことを全部あなたにするつもりよ」

「十年間？」

「そうね、最初の数年分は除外してもいいわ。野原であなたがわたしの髪に花を編みこんでくれるといった妄想だから。十六歳ごろからのにしましょう」

「きみはぼくのことを妄想していたというのか？」

リアは微笑んだ。「もしかしてわたしが親切心だけでキャンディをあげていたと思っていたの？」

「ああ、そう思っていたよ。それなのにきみは、ぼくを餌で釣っていたというのか？」

「あなたがキャンディをたどって、わたしのベッドまで来てくれるといいと思っていたわ」

「巧妙すぎてわからなかった」

「どうやらそうみたいね」

「それにしても、どうしてぼくを？」

「完璧で最高にすてきな男性だと思ったから。でも違っていた」

アイアスが顔をしかめた。「違っていた？」

「完璧じゃなかったということよ。昔は、あなたは完璧な人だと勝手に思いこんでいた。でも、わたしはもう子供じゃない。あなたが完璧じゃなくてもかまわないわ」

「きみは何を望んでいるんだ？」

「あなたよ。過去の過ちで傷つき、生まれ変わったあなた。鎖で縛られていない、そのままのあなた」

「でも、これから自分がどう変わるか、ぼく自身にもわからない。今のやり方を変えられるのか、今までのものの見方を変えられるのかもわからない。それにもし変わったとしても、そんなぼくをきみが好きでいてくれるかどうか自信がない」

「変化したあなたをどう思うかは、わたしにもわからない。それでもあなたを知るチャンスがほしいの。あなたは本当の自分を外に出してみるべきよ。代わりにわたしも、あなたに本当のわたしを知るチャンスをあげるわ」

「だが、きみが本当のぼくを好きになってくれない可能性もある」

リアは彼の手をとり、てのひらにキスをした。

「アイアス、あなたはわたしがマスコミにひどいことを言われないように、初めてダンスをしてくれた。新しく知り始めているあなたが好きよ、とても」

「ぼくの過去を知っても？」

「昔のあなたを思うと、心が張り裂けそうになるわ。あなたのような環境で育つのがどんなものか、わたしには想像もできない」

「本当のぼくを知っていくうちに、ぼくが本質的に邪悪な人間だとわかったらどうする？」

こみあげる涙を、リアはまばたきで押し戻した。心が痛み、喉がひりひりする。

アイアスの不安を、はっきり否定できなかった。ふたりで懸命に努力した結果、彼の言うとおりだとわかったら、どうすればいいのだろう？

そう考えると、もう一度心に壁を築きたくなった。アイアスを遠ざけて、安全な場所に逃げこみたい。彼やマスコミにレイチェルと比べられたくない。自分を傷つける可能性のあるすべてから逃げだしたい。

でも、前に進むと決めたのだ。もとの自分には戻らない。

「そうしたら、そんなあなたを受けとめるわ」リアはおそるおそる口にした。ひと言ひと言が真実で、いったん口にすれば翻せないとわかっていたから。

アイアスの暗い目を見つめていると、言ったばかりの言葉をとり消したくなった。好きになったのが別の男性なら、こんな思いをしなくてすんだのに。

でも、わたしにはほかの男性なんていない。アイアスだけだ。ずっとそうだったし、これからも彼しかいない。たとえ心にどれほど疑念が渦巻いていようとも。

そうしたら、ぼくは自分がいちばん憎んできたものになってしまう。権力や成功に対する欲望にむしばまれてしまう。他人を犠牲にして。

そういう部分がきっと自分のなかにある。恐ろしい衝動が意識の奥底に隠れ、自分の成功を邪魔するものを食いつくそうと待ちかまえているのだ。

リアは目を大きく見開いてこちらを見つめている。赤い唇。体にぴったり張りついたドレス。思う存分彼女を味わうためなら、何をさしだしてもいいとアイアスは思った。

縛っていない彼女を味わえるなら。

その望みをかなえたくて、苦しくてたまらない。もう我慢できない。突然、長いあいだ押し殺してきた夢をかなえずにはいられなくなった。

「きみが何を望んでいるか見せてくれ、リア。本当のきみをぼくに見せてほしい」

アイアスはペントハウスの寝室に立っていた。今すぐ行動を起こしたくて全身の筋肉が張りつめている。それがリアに飛びかかるためなのか、あるいは逃げだすためなのかは、彼自身にもわからなかった。

帰りの車中、ふたりはひと言もしゃべらなかった。リアは助手席で手をもみしぼり、彼と目を合わせないよう窓の外を眺めていた。さっき言ったことを早くも後悔しているのだろうかと思ったものだ。

アイアス自身も葛藤していた。リアに触れてほしかった。でももしそれを許したら、何年もかけて培ってきた自制心が一瞬で崩れ、二度ととり戻せないかもしれない、恐れていたとおりの怪物になってしまうかもしれないと思うと、怖くてたまらなかった。

厳重に押しこめてきた怪物は自分自身だと、ずっとわかっていた。それを思うと体の芯から震えが走る。一度解放したら、二度ととらえられないだろう。

13

リアがゆっくりと近づいてきた。薄暗い光を受けて、ウィスキー色の目が燃えるように輝いている。彼女が手をのばすと、爪が胸をかすめた。初めてのときと同じように、アイアスはそのかすかな痛みのおかげでなんとか情熱に押し流されずにすんだ。

リアが彼の首に熱い唇をつけ、軽く歯をたてる。わずかに触れただけでアイアスを意のままにできると見せつけているようだ。

怪物が身じろぎをした。

「気をつけるんだ」彼はかすれた声で言った。

だが、リアはさらに力をこめて歯をたてた。「気をつけたくなんかない。自分を抑えるのにはもう飽き飽きよ。いつもマスコミの目を気にして自分を偽るのも。でもいちばんうんざりしているのは、あなたのやり方だけに合わせること」

「じゃあ、ぼくを好きにすればいい。ただし、結果に責任は持てないぞ」

「あなたからよ」リアが目に強い光をたたえ、顎をあげて言った。「無防備な気分を、あなたにも味わってほしいの。服を脱いで、アイアス」

アイアスは、彼女が脱いでほしいと思っているのは服だけではないような気がした。心の奥のまだ隠している部分も見せてほしいと訴えているのではないかと思うと、怖かった。

しかし、リアのために挑戦してみるつもりだ。

ボタンをはずし、シャツ、ズボンと脱いでいく。

彼は裸でリアの前に立った。体が震える。彼女は縛られていないから、アイアスに好きに触れられる。

だが、後悔はしていなかった。

「あなたに自制心を失わせられたらいいんだけど」

　アイアスはリアの手首をつかんで引き寄せた。

「間違いなくそうなるさ、愛する人（アガペ）」そう言うと、彼は唇を重ねた。舌を深くさし入れ、なかを探る。

　離れたときには、ふたりとも息を切らしていた。

　リアが顔を紅潮させ、アイアスの欲望の証（あかし）を見おろす。

「もう何年もダイエットをしていたような気分だわ。おなかがすきすぎて、我慢できない」

　リアは彼の胸にキスをし、さらに下へと唇を這（は）わせていった。腰に歯をたてられ、高まりをやさしく包まれると、アイアスは身をこわばらせた。

「きみは容赦ないな」喉が締めつけられ、なかなか声が出ない。

「まだ始めたばかりよ。こうするのをずっと想像していたんだから。あなたは知らなかったでしょうけど」リアが高まりの先端に舌を走らせると、彼の体は一瞬で燃えあがった。

　アイアスは自制心のたががゆるむのを感じた。心のまわりに築いた壁が揺らぐ。続いてリアが全体に舌を滑らせると、彼は完全に自制心を失いそうになった。

　急いで体を離す。「無理だ、リア。やめてくれ」

「どうして？」

「刺激が強すぎる。息が……できない」

「毎晩わたしがどんなふうに感じていたか、わかったでしょう。お願い、わたしの好きにさせて」

　リアが彼の高まりを口に含む。絶頂に達しそうになって、アイアスは腰を引いた。

「こんなふうには達したくない」

「どうして？　わたしには同じことを何度もしてくれたじゃない」

「わかっている。でも、きみのなかに入りたいんだ」リアが浮かべた表情に、彼は満足した。「ぼくの上に来てほしい」これまで一度も試せなかったことだった。

妖艶な笑みで誘惑するリアは女性そのものだった。今、ぼくは男として彼女を求めている。だが、自分のなかにあるのは欲望だけではない。何か説明のつかない、あたたかな気持ちがある。昔からそうだった。昔、リアがキャンディを机の上に置いていったときから。

だからこそぼくは、彼女以外の存在に興味を移そうとした。リアを女性として見ようとしなかった。

突然、アイアスはこの前買ったキャンディを思いだした。「ベッドに寝てくれないか」

「わたしのやり方でするはずだったでしょう？」

「違う。ルールをなくすことにしただけだ」

「何をするつもりなの？」

「言うとおりにしなければ、わからないよ」

「わたししだいというわけ？」

「そうだ」

リアがベッドにのると、アイアスは彼女に背を向け、キャンディの袋を上着のポケットから出した。

彼が向き直ったとき、リアは肘をついてあおむけに寝ていた。何も身につけていない。空想の世界から抜けでてきたような、完璧な姿だった。

アイアスはベッドに近づいた。

「なぜ〈リアズ・ロリーズ〉のキャンディを持っているの？」リアが目を細めた。

「ただほしくなって、この前買ったのさ。その理由が今わかった」彼は袋を開けて赤いキャンディをひとつとりだし、リアの腿の上に置いた。それをキスですくいとり、彼女の肌をなめてきれいにする。口のなかで、チェリーのフレーバーと彼女の味がまじりあった。「さあ、寝そべって」

リアはすぐにしたがった。荒い息づかいに胸を上下させている。次にアイアスは、彼女のへその下から胸まで線を描くようにキャンディを並べていった。

最後に唇にひとつ置く。「落とさないように」

リアがかすかにうなずいた。

アイアスは、キャンディが並んだ彼女の美しい体を見おろした。「きみは甘い心を持っているといつも思っていたよ」頭をさげ、リアの脚のあいだの敏感な場所に素早く舌をあてる。彼女の体が跳ねあがり、くぐもったうめき声がもれた。「気をつけて。大事なキャンディを落とさないでくれ」

アイアスはまず、茂みのすぐ上に置いたキャンディをキスで拾った。そしてそこの肌をなめ、チェリーのフレーバーとリア自身の味を楽しむ。並べたキャンディを同じように拾いながら胸までたどりつくと、彼はその頂もキャンディと同じように味わった。リアの胸はどんなに甘いキャンディよりもおいしい。

胸の谷間に置いたキャンディを口のなかにおさめると、アイアスはようやく彼女の唇に向かった。じっと見おろし、唇を舌でなぞる。そしてキャンディを口ですくったあと、リアに深くキスをした。

「チェリーの味がするわ」彼女が震える声で言う。

「きみもだよ」

アイアスは体を入れ替え、自分が下になった。

リアが両手を彼の肩に置き、少しずつ腰をおろしていった。純粋な悦びが顔に広がる。アイアスはそれを見ながら、彼女のもたらす感覚をただ味わうことしかできなかった。

ゆっくりとリズムを刻むリアの下で、彼は理性を失いかけていた。欲望が荒れ狂い、けっして満たせないのではないかと怖くなるほど募っていく。

アイアスはふたたび上になって、彼女を何度も貫いた。汗が噴きだし、血がうなりをあげて体じゅうをめぐる。もう怪物を抑えられなかった。リアを求める気持ちが強すぎて、完全にコントロールを失った。どうしても彼女を自分のものにしたい。リアと一緒に悦びを味わいたい。

彼女はぼくのもの。ぼくの妻だ。

リアが叫び声とともに体をのけぞらせた。彼女に締めつけられ、アイアスはとうとう自分を解き放った。炎のような絶頂が体じゅうを焼きつくす。

ようやくわれに返ると、心の壁は完全に崩れ落ちていた。アイアスは今、完全に無防備だった。むきだしのまま血を流している。ぼくは怪物を放ってしまった。

彼はリアから離れ、あわてて立ちあがった。あえぐように息をしながら目を向けると、彼女の唇は腫れ、目はショックと混乱をたたえていた。アイアスはくるりと向きを変え、部屋を出ていった。

リアはショックに打ちのめされて呆然としていた。

彼女の世界は根底から揺さぶられた。アイアスのなかに冷たい部分などなかった。彼は黒く燃える炎のように熱く危険で、驚くほどすばらしかった。

いくら味わっても足りなかった。完全に情熱を解放したアイアスを、もっともっと感じたかった。今起こったことを最初から思い返す。アイアスは完全にわれを忘れ、わたしの前で怪物を放った。

体はずきずき痛むが、心地いい痛みだ。自制心を解き放った荒々しい彼が、リアは気に入った。

ひとつだけ残念だったのは、アイアスがさっさと離れていったことだ。リアは急いで彼のシャツをはおり、リビングルームへ向かった。

「ねえ、どういうつもり？　水が飲みたくなっただけ？　もしそうなら、わたしにも一杯ちょうだい」

アイアスは檻のなかの虎のように、部屋のなかを行ったり来たりしていた。一糸まとわぬ体に緊張が漂っている。そんな状態でも彼は美しかった。

「いったいどうしたの、アイアス？　突然行ってしまうなんて」

「大丈夫か？」アイアスが荒々しい声できく。

「ええ。ちょっとふらふらするけど、それは普通でしょう？　すばらしかった証よ」

「ちゃかさないでくれ。ぼくは乱暴だった。自分がどうなったのかも……覚えていない」

「じゃあ、教えてあげる。自制心を失ったのよ。あなたの激しさにわたしは息もつけなくて……そして、今まで経験したことのない強烈な悦びを感じたの」

「きみを傷つけなかったか？」

「大丈夫。ちょっと痛むけど心地いい痛みよ」

「心地いい痛みなんかない。ああ、リア。やめてと言われてもぼくの耳には入らなかったかもしれない。やめられなかったかもしれない。やはりぼくは怪物なんだ」

「あなたはわたしを傷つけなかった。あなたにはそんなことはできないのよ。わたしは自分が何を望んでいるかくらいわかっている。あなたに痛い思いをさせられれば、隠さずちゃんと言うわ。それが信じられないの？　わたしが自分を偽れば、あなたにもわかるはずよ。わたしはいつもあなたに正直だったもの」だがそう言った瞬間、リアは後悔した。

わたしは正直ではなかった。アイアスにも、自分自身にも。アイアスにいろいろ言ったのは、心のまわりに張りめぐらせた壁の内側でどんどん大きく育っていく彼への気持ちをごまかしたかったからだ。アイアスを愛してしまわないように。

報われない愛に身を焦がさなくてすむように。

十代のころ思い描いていたままのアイアスだと思って、わたしは結婚した。その彼からなら、心を守れると思っていた。本当の彼を知らなかったから。

そのあと真実を知った。アイアスの負った心の傷がどれほど深いものかを目のあたりにした。彼が何者で、どんなふうに育ったのか、初めて知った。アイアスは理想の男性ではなく、傷ついた心と折りあいをつけたいともがき苦しむ普通の男性なのだと認めなければならなかった。

アイアスの心のなかは戦場のようだった。彼はけっして休まず、自分の欲望を見張っている。

アイアスはベッドの上でわたしの手を縛ったけれど、本当に縛られているのは彼のほうだったのだ。

そんな現実と向きあい、今のアイアスも過去のアイアスもすべて受け入れたとき、彼に対する気持ちが変化した。その気持ちをもう隠してはおけない。これだけのことを分かちあったのだ。わたしの気持ちを知れば、アイアスは自分のなかの葛藤に打ち勝てるかもしれない。

「愛しているわ」それは本当の気持ちだった。アイアスが愛してくれなくてもかまわない。実際、愛されないのはつらいけれど、彼に愛を伝えることは自分を守ることよりずっと大切だった。

アイアスを見ていると、すべてを自分のなかに抱えこむのがどんなに危険かわかる。だから、もう二度とそんなことはしない。マスコミに認めてもらえなくてもいい。レイチェルと結婚できなくて彼ががっかりしていても関係ない。大事なのは、自分自身の気持ち。アイアスを愛しているということだ。

「なんだって?」彼の目にはなんの感情も浮かんでいなかった。リアは心が張り裂けそうになった。

「あなたを愛しているの。昔も今も。自分を守りたくて、その気持ちを消そうとしたこともあったわ。あなたがレイチェルを選んだから。あなたと釣りあう女性には絶対になれないと、マスコミに思い知らされたから。でも今思うと、そうできたのは昔の愛は本物じゃなかったからなんだわ」

「そうだろうな」アイアスが激しい口調で言った。

「わたしはあなたを知らなかった。あなたが自分を怪物だと思って厳しく抑制しているなんて、思いもよらなかった。初体験の相手が娼婦(しょうふ)だったことも、少女の命と自分の魂を救うために何不自由ない生活を投げ捨てたことも、自制心を失うのが怖くて長いあいだ禁欲していたことも、知らなかった」

「きみはずいぶんそこにこだわるが……」

「だって、なかなかできることじゃないわ。大人になってからの初めての相手がわたしでよかった。わたしにとってもあなたが初めての相手でよかった。あなたの過去は重いけれど、それでも知ることができてよかったわ。だってあなたのすべてを知ったからこそ、今わたしはあなたを愛しているんだもの」

「だってきみは……」

「昔の気持ちは本物じゃなかったと言ったのよ。以前は、勝手につくりあげたあなたのイメージを愛していた。今みたいに不完全なあなたではなく」

「不完全なぼくなんて、愛さないほうがいい」

「あなたは怪物だから？　でもあなたはわたしを肉体的に傷つけたことなんてないじゃない。わたしの家族をずっと大切にしてくれたし、邪悪な犯罪組織をつぶしたわ」

「きみはわかっていない」

「いいえ、ちゃんとわかっている」

「それなら離婚してくれと言うはずだ」

「アイアス、あなたは臆病者よ」

「きみを守りたがるから？」

「自分を守りたがるからよ！　わたしにはわかるの。同じだったから。あなたが本当に恐れているのは、心のなかに入ってこられること。あなたの少年時代は、わたしには想像もつかないほど過酷だった。だからあなたはそれを忘れるために、心の奥深くにもぐって自分を守らなければならなかったんだわ」

　アイアスはリアにつめ寄った。「きみはぼくのことを犠牲者だと思っているんだな。だが、ドラッグでハイになった男に無理やり犯されそうになったのは、ぼくじゃない。勝手によく見せようとするな。

昔のぼくも、今のぼくも」

「悲惨な出来事だったと思うわ、アイアス。でもあのときの少女は、あとで落ち着いたら、あなたが自分を救ってくれたと思ったはずよ。怪物だなんて思うわけがないわ。だってあなたではなく別の男だったら、彼女は無垢のままではいられなかったでしょうし、きっと家族のもとへも戻れなかった」

「やめてくれ」アイアスが顔をそむけた。

「あなたは嘘にしがみつきたいのよ。自分には救済の見こみがないと思いたいのよ。そうすれば、自分がどんなに怯えているか認めなくてすむから」

「ぼくは嘘偽りのない事実を話した。こんなぼくをきみが愛せるはずがない」

「どうして愛せないの?」

「自分で自分を愛せないからだ!」彼は吠えるように言った。「ぼくは自分を理解したうえで軽蔑している。名前は変えられても、ぼくという人間は変えられないんだ。それが認められないなら、リア、きみはまぬけだ。ぼくはきっときみを地獄まで道連れにしてしまう。だから今すぐ出ていくんだ」

リアの心は張り裂けた。アイアスは自分自身を憎んでいる。アイアスの心は砕けてしまっていて、その鋭くとがった破片が彼を傷つけ続けているのだ。

「いやよ。わたしは出ていかない。どんなに大変でも逃げないわ」リアはあきらめるつもりはなかった。もう隠れたりしない。姉と比べられて傷つくのがいやで、今までずっとそうしてきた。でも、もうそんなことはやめる。絶対に逃げない。

「大変なんかじゃない。単にうまくいかなかったというだけのことさ」

「だめよ、アイアス。逃げるのはやめて。わたしは妻で、あなたが唯一心を見せた相手よ。だからあなたは怖がっているんだわ」

「怖がるべきなのはきみのほうだ」

「たしかに少しは怖いわ。でも、傷つけられると思うからじゃない。愛してほしいからよ。お願い、自分を縛るのをやめて、わたしを愛せるかどうか試してみて。頑（かたく）なに自分を守らないで。こうして愛していると告白するのがどんなに大変かわかる？　あなたにも、わたしのためにその大変なことをしてほしいの」

「ぼくはきみを愛してなどいない」

「やめて」リアは喉が締めつけられ、涙がこみあげた。「そんなことを言わないで」

「嘘をついてほしいのか？」

「本当のことを言ってほしいわ」愛していないなんて、本当のはずがない。どうしてそんなことが言えるのだろう？　ベッドの上でさっきのような熱いひとときを分かちあったあとなのに。

愛がなければ、あんなふうにはできなかったはず。少なくともわたしにとってはそうだった。

「ぼくはきみを愛していないよ」アイアスの言葉は、容赦なくリアの心を切り裂いた。

「わかったわ」リアは彼の言葉をなんとか受け入れようとした。

きつい言葉を投げつけて、心の痛みを隠したかった。でも、それはもうしないと決めた。心をさらすとはどういうことか、アイアスには見る権利がある。

リアの頬を涙がこぼれ落ちた。ソファに崩れ落ち、手で口を覆う。涙が次から次へとあふれでてきた。

「リア？」

リアは体を震わせてすすり泣いた。心のガードを完全におろしたのは初めてだった。自分がむきだしになって、ばらばらに壊れていくようだ。

「リア」アイアスがもう一度呼んだ。

彼女は黙って頭を振った。

「涙でぼくの心を変えられると思っているのか？」

彼が低い声で辛辣にきく。

リアは両手をぱっとおろした。腕で頬をぬぐう。

「そんなにプライドのないことはしないわ！」

「どう見てもしているじゃないか」

「涙を見るのは居心地が悪いの？　あなたに心があるのなら、自然な反応だとわかるはずよ。アイアス、人は心が張り裂けると涙を流すの。愛を投げ返されると泣きたくなるのよ」声が割れ、ヒステリックな響きがまじったが、リアは気にしなかった。「困らせてしまってごめんなさい」

「ぼくには心がないから理解できないのかもしれないな。腑に落ちたよ」アイアスは彼女の横をすり抜けて寝室へ行き、Tシャツとジーンズを身につけて戻ってきた。「出ていくよ。きみは頑固すぎて、自分からは出ていかないようだから」

「弁護士からの連絡を待てばいいのかしら？」

「ああ」

「会社のことは？」

「今はまったく考えられない」

リアは顔をはたかれたような気がした。わたしから離れられるのなら、アイアスはすべてを捨ててもいいと思っている。「もし妊娠していたらどうするの？　一度も避妊しなかったでしょう？」

「どちらが親権を持つか話しあおう。生活はちゃんと支えるよ」

リアは頬の内側を噛み、心を落ち着けようと深く息を吸いこんだ。「生活に困ることはないわ。〈リアズ・ロリーズ〉があるもの。あなたのお金が必要だったことは一度もない。愛しているからあなたがほしかっただけ。でも、今は何も求める気になれないわ。だから、もう行って」

アイアスはうなずいた。顎の筋肉がぴくりと動いたが、結局、何も言わなかった。

彼は出ていった。ドアが閉まり、ふたりの結婚は終わった。

14

こうするしかなかった。ほかに選択肢はなかった。愛していると言われるのを、アイアスはもっとも恐れていた。その言葉には、自分には与えられないものがほしいという期待がこめられているからだ。

彼はホテルの部屋を歩き回った。置き去りにしてきたときのリアの姿が頭に浮かぶ。彼女の頬は涙に濡れ、悪夢のなかで女性たちが見せているのと同じ心の痛みと悲しみが目に表れていた。

嘘をつくのは簡単だっただろう。リアの愛につけこんで、彼女だけでなく、十代のころから父親同然に導いてくれたジョセフとの関係を続けるのは。

これと同じことが過去にもあった。十六歳のリアは、いつも心からの信頼をこめてぼくを見つめていた。ぼくは、少し太めでくせ毛のその少女が将来自分のすべてになりそうな予感がした。

だから、ぼくはその可能性をつぶした。彼女が自分にとってどれほど大きい存在か認めようとせず、ほかの安全な女性――レイチェルに目を向けた。リアを手離すのはつらかったが、正しい行いだった。自分は彼女を破滅させるにちがいなかったから。

〝あなたは嘘にしがみつきたいのよ〟とリアは言った。ぼくは臆病者なのだと。〝あなたが本当に恐れているのは、心のなかに入ってこられること〟

リアは自分をさらけだし、すべてを与えてくれた。それなのにぼくはまだ心に壁を築いて隠れている。

アイアスは、父の屋敷での最後の夜を正確に思いだそうとした。セリアの恐怖を、自分自身の恐れを、ドラッグがどれほど自分をゆがめてしまったかを。あのときぼくは、父がどんなことをしているのか、自分がどんな人間になるところだったかを悟った。この世には善と悪があり、すぐに手を打たなければ自分は悪の側に落ちてしまうと感じた。

ひと晩で、ぼくの世界はばらばらに砕け散った。

初めて外の世界に目を向けると、見えたのは人々の心の痛みと、利用された彼らの破滅と堕落だった。

だからぼくは、すべての欲望や感情を締めだした。間違った欲望や感情を持つのが怖かったからだ。恐怖や痛みにとらわれてしまうのが怖かったから。

父の組織をつぶせば現実を見たショックも忘れられると思ったが、だめだった。だから心のまわりに壁を築き、あのとき感じたことを心の奥に封じこめて、ほうっておいた。

そこにリアが現れた。彼女は縛られた手でぼくの壁を壊した。つらかった。傷口がむきだしになったような気がしたものだ。

アイアスはバーカウンターへ行き、ウィスキーのボトルをとりだした。酒で、一瞬でも心の痛みを忘れたかった。

彼はボトルを見つめた。カウンターの下からグラスを出して、ウィスキーを注ぐ。

グラスを空けても、そこに答えはない。希望も救いも、痛みを和らげるものさえ見つからないだろう。だが、もしかしたらどん底まで落ちれば、這いあがるきっかけをつかめるかもしれない。アイアスは笑みを浮かべ、グラスを口に運んだ。

どんなにキャンディを食べても、リアはたち直れそうになかった。それどころか、アイアスが自分の体に置いたのと同じ赤いキャンディを見ると、泣きたくなった。

なぜこんなことになってしまったのだろう？　彼と離れているのがつらくてたまらない。これほど手ひどく傷つけられるなんて思わなかった。一瞬、すべてが手に入りそうだったのに。ばかだ。口をつぐんでいれば、結婚を続けられたのに。毎晩アイアスと同じベッドで眠って、心のなかでだけ愛していると言えばよかったのに。

でも、それではだめだった。リアはウィンドウディスプレイ用の大きなボトルにキャンディをつめ替え始めた。ニューヨークの店は大きいから、いくらでも仕事がある。こうして働いていると、少しは気がまぎれた。

あの赤いキャンディは見たくないけれど。

作業の手をとめて目をあげると、発泡スチロールでできた大きな棒つきキャンディが、ショーウィンドウのガラスに倒れかかっているのが見えた。彼女はキャンディの袋を置き、つくりものの綿あめの霧をまたいで手をのばした。

バランスを崩しそうになり、ガラスの壁に手をついた。小声で悪態をつく。ガラスをふき直さなくてはならない。仕事が増えたのは、自分が不器用でまぬけだからだ。愛してくれない男性を愛してしまうような愚か者だからだ。

アイアスが怯(おび)えて嘘をついたのではなく、本当にわたしを愛していなかったらどうしよう?

腹を殴られたような衝撃が走る。リアはゆっくりとつくりものの綿あめの上に崩れ落ちた。悲しくて、涙が頬を伝った。

いつかは、アイアスを思っても涙が出なくなるだろう。どんな傷も、いつまでも生々しいわけではない。でもこの傷が完全に癒えることはないだろう。彼を失うのは、自分の一部を失うのと同じだから。

心の一部が欠けた状態で、これから生きていかなければならない。

リアは立ちあがって、従業員や顧客と目を合わせないように帰り支度をした。上着をかきあわせながら、ドアを開けて肌寒い午後の戸外に出る。

彼女がコートの襟をたてて歩いていると、女性リポーターが近づいてきた。ビデオカメラを持った男性とマイクを持った男性を連れている。

突然、いつもの不安や恐れに駆られて、リアは凍りついたように動けなくなった。

「ミズ・ホルト、ご主人がゆうべホテルに泊まったという噂(うわさ)がありますが？　新婚なのに何かトラブルでも？　彼を失ったらどうしますか？」

リアは笑いだしそうになった。アイアスなら、すでに失ってしまった。だからもう、恐れるものは何もない。彼女は手をあげて、後ろの建物を示した。

「わたしはキャンディショップのオーナーで、自分の力で成功しているわ。単なるもうひとりのホルト家の相続人でも、アイアス・クーロスの〝身代わりの花嫁〟でもないの！」

リアはたがはずれたように、今や大声で叫んでいた。マスコミに対する怒りをすべて、目の前の女性リポーターにぶつける。アイアスのおかげで、自分はもっとちゃんとした扱いを受ける権利があると主張する勇気が湧いた。

「どこの家の出でも、誰が姉でも夫でも、わたしという人間は変わらない。わたしはわたし。リア・ホルトという独立した人間よ。二番目の存在なんかじゃない！」

アイアスはホテルの床に座って、携帯電話の画面に表示されたニュースの見出しを見つめていた。

〝リア・ホルトが宣言！「誰が夫でも、わたしはわたしよ！」〟

よく言った。声をたてて笑うと、頭に痛みが走った。だが、心のほうがずっと痛かった。

リアの言ったとおり、ぼくは臆病者だった。ぼくはただ傷つくのが怖くて、何年ものあいだ感情を封印して自分を守っていたのだ。

彼女は十代のころでさえ、ぼくを破滅させる力を秘めていた。だからぼくは心に壁を築いて隠れた。だが、もう隠れるのはやめだ。

リアと話したいが、なんと言えばいいかわからない。彼女の父親に相談もできない。そこでアイアスは、しばらく使っていなかった番号を押した。

「レイチェルです」

「リアがどこにいるか、知っているかい?」彼は前置きもなく、いきなり尋ねた。

「ええ。でもあなたが知らないなら、教えるべきじゃないと思う。今朝のニュースのことがなくてもね」

「ぼくは間違いを犯した」

「あなたはリアに心が張り裂けるような思いをさせたのよ。許せないわ」

「きみに許してもらえなくてもいい」彼はうなるように言った。「妻をとり戻したいんだ」

「わたしがあなたのもとを去った理由のひとつは、自分を便利な道具としか考えていない男性とは結婚できなかったからよ。だからもしリアもそう感じているのなら、解放してあげてちょうだい。愛を手に入れられるように」

「ぼくは彼女を愛している」アイアスは体を震わせ、ぶっきらぼうに言った。

「本当なの?」

「ああ、この世の何より愛している。お願いだ。リアと話したい。謝って許してもらわなくてはならないんだ」

レイチェルは長いあいだ考えこんだあと、ようやくこたえた。「わかったわ。手伝ってあげる」

初めて足を踏み入れたときから、ロドス島のホルト家の別荘はアイアスにとってなぜか心安らぐ場所だった。自分はずっとここを故郷と感じてきたのだど、彼はふいに気づいた。

なぜ今まで気づかなかったのだろう？　あまりにも明らかなのに。

リアへの気持ちだってそうだ。

酒を飲んでも、頭痛に襲われただけだった。しかも胸の痛みはひどくなる一方で、ようやくアイアスは悟った。自分を守ろうとしても遅すぎると。

それに、もう守りたくもない。

玄関の前に立ち、本当にリアはここにいるのだろうかと考える。レイチェルが嘘を教えていて、怒りに燃えるジョセフが待っていたりしなければいいが。

ドアを開けたのは、リアだった。驚きに口を開き、目を丸くしている。顔は血の気が引いてまっ青だ。

リアがドアを閉めようとしたので、彼は足先を入れた。「閉めないでくれ、リア。頼む」

「父は今いないわ」

「お父さんに会いに来たんじゃない」

「姉もいないわよ」

「レイチェルがどこにいようとぼくには関係ない」

リアがしぶしぶといった様子でドアを開ける。

「じゃあ、なんの用？」

「きみは本当はこうきくべきだ。ぼくはなぜもっと前にここへ来なかったのか。なぜ最初からぼくたちの結婚式じゃなかったのか。どうしてぼくは、ずっと愛していたのはきみだとわからなかったのか」

「それは……だって……」

「いや、本当はわかっていたのかもしれない。でも自分がどんな人間かを考えると、きみはまぶしすぎた。だから別の女性に目を向けた。きみはあまりにも多くを求めるとわかっていたから。そしてやっぱりきみは、ぼくにすべてをさらけだすよう求めた。きみは二番目の存在なんかじゃないよ、リア」

「わたしがマスコミの前で感情を爆発させたことを知っているのね」リアが声をつまらせた。

「ああ。きみの言葉はすべて真実だった。きみはリア・ホルトという独立した女性だ。ぼくやレイチェルの添えものではない。美しくて、ほかの誰とも、どんなものとも違う。きみは太陽のようにぼくをあたため、心の奥まで照らす。ぼくはそれが怖かった。ぼくがどんな人間かわかったら、きっときみは背を向けると思ったから」

何も望まず、何も感じないように生きてきた歳月が、突然、アイアスに重くのしかかった。ぼくはようやく、リアをどんなに愛しているか初めて自分に認めたのだ。

「きみと結婚するまで、ぼくは自分を鎖につないでいた。安全でいられるように、自分を檻に入れていたんだ。だが、きみが解放してくれた。檻の外の世界には、傷つく危険を冒す価値があるとわからせてくれた。もうきみといられないのなら、二度ときみにキスできないなら、きみに愛してもらえないなら、いくら安全でも意味はない」

「でも、あなたはわたしを愛していないと言ったわ」

「臆病だったのさ。でも今は違う。恐れは克服した。今、ぼくのなかには愛しかない。大切なのはきみだけだ」

「アイアス」リアが彼に抱きつく。

アイアスも腕を回して彼女を抱きしめた。リアはぼくの妻だ。一生かけて彼女を愛するのだ。

「ぼくは愛がどんなものか、まったくわかっていなかった。ただ自分にとって心地いいものを選んで、愛と呼んでいただけだった。自制心を脅かされずにすむから。だけどリア、そんなのは愛じゃない。今きみに感じている気持ちはまるで違う」

「わたしもわかっていなかったわ。本当のあなたを知って、あなたがどんなに強い人間か、どれほど驚くべき人か理解するまでは」

「ぼくは傷を負い、心がゆがんでしまっていた。でも、きみが生まれ変わらせてくれたおかげで、また感情を持てるようになった。もう暗闇に惑わされはしない。きみが本当のぼくを見つけてくれたんだ」

リアは目をつぶり、黙って彼にしがみついた。失ったと思った自分の一部が戻ってきた。もう欠けているところはない。「ねえ、アイアス、あなたも本当のわたしを見つけてくれたのよ」

「自分を愛せないでいたぼくをきみが愛し、あれこれ言ってくれなかったら、今、ぼくはここにいなかった」

「愛しているわ」リアは両手で彼の顔を包み、目を見つめた。「今どんな気持ちか教えて」

「きみを愛している」彼女から目をそらさず、アイアスは言った。「これからも愛し続けるよ」

「それなら結婚を続けられるわね」リアは目を閉じた。「またわたしからプロポーズしてしまったわ」

「きみの提案は、どれも好きさ」

「じゃあ……結婚を続けてくれる？」

「リア、ぼくは完璧な男じゃない」

「わかっているわ、ダーリン」

アイアスは笑ったが、すぐ真顔になった。「きみをがっかりさせたり、間違いを犯したりすると思う。でも、どんなときもきみを愛している。たいしたものはあげられないが、それでもいいときみが言ってくれるなら、ぼくは世界一幸せな男だ」

リアはすべての気持ちをこめてキスをした。「そんなばかばかしい話、聞いたことがないわ」

「何かばかばかしいことを言ったかな？」

「たいしたものはあげられないという部分よ。あなたの愛は、わたしにとってすべてなの」

「ぼくにとっても同じだよ、リア。きみの愛がなかったら、ぼくはまだ心のうちにとらわれたままだっただろう。本当に生きているとは言えなかった。きみの愛でもう一度ちゃんとした人間に戻れたんだ」

アイアスが愛のこもった目で彼女を見つめ、キスをする。リアは、ずっと焦がれてきたキスを全身で味わった。

アイアスは空想のなかの完璧な彼ではない。多くの傷を負いながら、想像もできないほどの情熱を持つ本物のアイアスだ。だからこそ彼のキスはすばらしい。

「ところで、部屋にシルクのスカーフがあるのよ」

「もう必要ない」

「必要かどうかなんてきいてないわ。必要なのはあなただけ。あとは楽しければいいの」

アイアスが微笑(ほほえ)んだ。リアが初めて見る、純粋な笑みだった。「楽しければいい、か。そういう気持ちもぼくは封じてきたんだな。きみといれば、いつも愛と楽しさの両方を感じていられそうだ」

「そうなると約束するわ」

エピローグ

「大変、大騒ぎになるわよ」

リアはロドス島にあるホルト家の別荘のバスルームを出て、寝室に入った。そこではアイアスがベッドの上に座って、彼女を待っていた。

「どうした？　また花嫁がいなくなったのか？」

「レイチェル？　いいえ、レイチェルは準備万端よ。いつでもアレックスとバージンロードを歩けるわ」

レイチェルがアイアスとの結婚式から逃げだした日から、ずいぶん時がたっていた。あれはリアにとって人生最良の日だった。

「じゃあ、なぜ大騒ぎになるんだ？」

「あなたが計画をたてるのが好きなことはわかって

いるの。それに結婚したときに、子供を持つのは何年か待とうとふたりで決めたこともわかっているけれど……」

「でも？」

「でも、なかなか計画どおりにはいかないものね。今、検査薬を試したら、妊娠していると出たわ」

アイアスが笑みを浮かべたので、リアはほっとした。彼が立ちあがってリアを胸に引き寄せ、キスをする。深く激しく、豊かな感情をこめて。彼はもう、自制心に縛られていなかった。

「すばらしい知らせだ、リア。最高の贈り物だよ」

「でも……わたしたちの計画は？」

「誰が計画なんて気にするんだ？　人生最良の日は、計画がめちゃくちゃになった日だった。そして、ぼくは愛を見つけた。きみを……本当のきみを見つけたんだ」

「おじけづかないでくれて、本当にうれしいわ」リアは爪先立ちになってアイアスにキスを返したあと、彼に寄りかかった。

「きみはいつもぼくをびっくりさせてくれる。きみといると退屈しないよ」

「よかった。だってあなたには一生一緒にいてもらわなくちゃならないもの」

「ぼくはなんでも計画が大事だと思っていた。細かいところまですべて把握していなければ、何もうまくいかないと思っていた。だが今は、自信を持って言える」

「何を？」

「この先に何が待っていようとかまわないということさ。細かくすべてを知っている必要はない。きみが一緒に歩んでくれるなら、それで十分だ」

「それだけは、確実に約束できるわ」

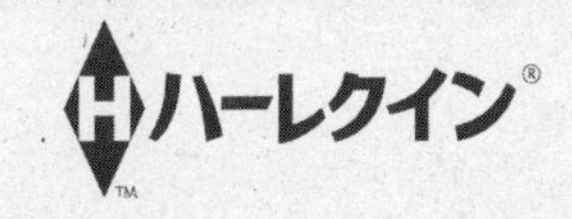

ハーレクイン・ロマンス　2014年6月刊（R-2971）

身代わり花嫁のため息

2024年6月5日発行

著　　者	メイシー・イエーツ
訳　　者	小河紅美（おがわ　くみ）
発 行 人	鈴木幸辰
発 行 所	株式会社ハーパーコリンズ・ジャパン 東京都千代田区大手町 1-5-1 電話 04-2951-2000（注文） 0570-008091（読者サービス係）
印刷・製本	大日本印刷株式会社 東京都新宿区市谷加賀町 1-1-1

造本には十分注意しておりますが、乱丁（ページ順序の間違い）・落丁（本文の一部抜け落ち）がありました場合は、お取り替えいたします。ご面倒ですが、購入された書店名を明記の上、小社読者サービス係宛ご送付ください。送料小社負担にてお取り替えいたします。ただし、古書店で購入されたものについてはお取り替えできません。®とTMがついているものは Harlequin Enterprises ULC の登録商標です。

この書籍の本文は環境対応型の植物油インクを使用して印刷しています。

ISBN978-4-596-77660-0 C0297

◆◆◆◆ ハーレクイン・シリーズ 6月5日刊 発売中

ハーレクイン・ロマンス

愛の激しさを知る

秘書が薬指についた嘘	マヤ・ブレイク／雪美月志音 訳	R-3877
名もなきシンデレラの秘密 《純潔のシンデレラ》	ケイトリン・クルーズ／児玉みずうみ 訳	R-3878
伯爵家の秘密 《伝説の名作選》	ミシェル・リード／有沢瞳子 訳	R-3879
身代わり花嫁のため息 《伝説の名作選》	メイシー・イエーツ／小河紅美 訳	R-3880

ハーレクイン・イマージュ

ピュアな思いに満たされる

捨てられた妻は記憶を失い	クリスティン・リマー／川合りりこ 訳	I-2805
秘密の愛し子と永遠の約束 《至福の名作選》	スーザン・メイアー／飛川あゆみ 訳	I-2806

ハーレクイン・マスターピース

世界に愛された作家たち
～永久不滅の銘作コレクション～

純愛の城 《特選ペニー・ジョーダン》	ペニー・ジョーダン／霜月　桂 訳	MP-95

ハーレクイン・ヒストリカル・スペシャル

華やかなりし時代へ誘う

悪役公爵より愛をこめて	クリスティン・メリル／富永佐知子 訳	PHS-328
愛を守る者	スザーン・バークレー／平江まゆみ 訳	PHS-329

ハーレクイン・プレゼンツ作家シリーズ別冊

魅惑のテーマが光る
極上セレクション

あなたが気づくまで	アマンダ・ブラウニング／霜月　桂 訳	PB-386

※予告なく発売日・刊行タイトルが変更になる場合がございます。ご了承ください。

6月14日発売

ハーレクイン・シリーズ 6月20日刊

ハーレクイン・ロマンス

愛の激しさを知る

乙女が宿した日陰の天使	マヤ・ブレイク／松島なお子 訳	R-3881
愛されぬ妹の生涯一度の愛 《純潔のシンデレラ》	タラ・パミー／上田なつき 訳	R-3882
置き去りにされた花嫁 《伝説の名作選》	サラ・モーガン／朝戸まり 訳	R-3883
嵐のように 《伝説の名作選》	キャロル・モーティマー／中原もえ 訳	R-3884

ハーレクイン・イマージュ

ピュアな思いに満たされる

ロイヤル・ベビーは突然に	ケイト・ハーディ／加納亜依 訳	I-2807
ストーリー・プリンセス 《至福の名作選》	レベッカ・ウインターズ／鴨井なぎ 訳	I-2808

ハーレクイン・マスターピース

世界に愛された作家たち
〜永久不滅の銘作コレクション〜

不機嫌な教授 《ベティ・ニールズ・コレクション》	ベティ・ニールズ／神鳥奈穂子 訳	MP-96

ハーレクイン・プレゼンツ作家シリーズ別冊

魅惑のテーマが光る
極上セレクション

三人のメリークリスマス	エマ・ダーシー／吉田洋子 訳	PB-387

ハーレクイン・スペシャル・アンソロジー

小さな愛のドラマを花束にして…

日陰の花が恋をして 《スター作家傑作選》	シャロン・サラ 他／谷原めぐみ 他 訳	HPA-59

文庫サイズ作品のご案内

◆ハーレクイン文庫…………………毎月1日刊行
◆ハーレクインSP文庫……………毎月15日刊行
◆mirabooks…………………………毎月15日刊行

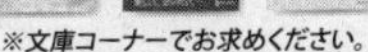
※文庫コーナーでお求めください。